Mike Stocks

**X-tra schaurige Gr**

Mike Stocks (Hrsg.)

# X-tra schaurige Gruselgeschichten

Ravensburger Buchverlag

Als Ravensburger Taschenbuch
Band 54296
erschienen 2007

Einmalige Sonderausgabe der
Ravensburger Taschenbücher
„Nebel über London“ (RTB 52160) und
„An der Themse um Mitternacht“ (RTB 52182)


Die englische Originalausgabe erschien 1996
bei Usborne Publishing Ltd., London,
unter dem Titel „Victorian Ghost Stories“

Die englische Originalausgabe erschien 1997
bei Usborne Publishing Ltd., London,
unter dem Titel „Victorian Horror Stories“


Umschlagillustration: René Limbecker



**Printed in Germany**

**1 2 3 4 5 11 10 09 08 07**

**ISBN: 978-3-473-54296-3**

**www.ravensburger.de**

# Nebel über London

# Der schwarze Hund

Alles begann vor zwei Jahren, als ich meinen Freund Kilmoyle in Irland besuchte. Lily, meine Frau, war zu der Zeit schwanger und sie war absolut gegen diese Reise. Und heute wünschte ich, ich wäre nie gefahren.
Ich hatte Kilmoyle auf einer Party in London zufällig wieder getroffen und er lud mich sofort zu sich ein. Er war ein sehr bedeutender Freund, ein Lord – und Eigentümer eines Schlosses mit riesigem Besitz. Dort konnte man nach Herzenslust fischen und jagen. Und dieser Verlockung konnte ich einfach nicht widerstehen. Kilmoyle erwähnte auch etwas davon, dass wir einen nicht zahlenden Mieter aus einem seiner Landhäuschen vertreiben müssten. Das klang nach Abenteuer. Und wann hatte ich schon das letzte Mal ein Abenteuer erlebt!?
Lily ahnte von Anfang an nichts Gutes; zumal ihr zu Ohren gekommen war, dass Kilmoyle ein engherziger und erbarmungsloser Grundbesitzer sei.
„Was gehen dich überhaupt seine Mieter an?“, fragte sie. „Lass ihn seine Drecksarbeit allein machen.“
Aber alles, woran ich denken konnte, waren die fetten Fische in Kilmoyles Teichen und die noch fetteren Birkhühner in seinen Mooren. Und ich wurde nicht enttäuscht. Die ersten drei Tage verbrachten wir ausschließlich mit Fischen und Jagen.

Am vierten Tag nahmen wir die Zwangsräumung in Angriff. Der Mieter, ein alter Mann, hatte die meiste Zeit seines Lebens dort gewohnt, nun jedoch seit Jahren keinen Penny Miete mehr gezahlt.

„Es handelt sich um eine so geringe Summe, alter Junge, dass sie der Mühe kaum wert ist“, gestand Kilmoyle mir, „aber ich lasse mich, verdammt noch mal, nicht zum Narren halten.“

Unser Plan sah vor, dem alten Mann vierundzwanzig Stunden einzuräumen, um entweder auszuziehen oder seine Mietschulden zu zahlen. Falls das nicht funktionieren würde, erklärte Kilmoyle, müssten wir eben „ein direkteres Verfahren“ anwenden.

Es war ein hübsches Steinhaus, klein und behaglich, und es lag inmitten eines Tals. Noch nie zuvor hatte ich so etwas atemberaubend Schönes gesehen. Als wir uns dem Gebäude von der Seite näherten, sah ich den Mieter durchs Fenster. Er saß entspannt mit einer Pfeife im Mund vor dem Kamin und zu seinen Füßen lag ein riesiger, brauner Hund. Das wettergegerbte Gesicht des Mannes war so dunkel wie Teakholz und sein schneeweißes Haar reichte ihm bis auf die Schultern. Der Raum wirkte schmutzig und unordentlich und es schien, als ob das Häuschen dringend einer Renovierung bedurfte.

Wir klopften ans Fenster und hämmerten gegen die Tür, wozu Kilmoyle noch allerlei Beleidigungen brüllte, doch der alte Mann nahm nicht die geringste Notiz davon. Er hockte einfach da, ruhig und entschlossen, und schmauchte seine Pfeife.

Schließlich ermüdete Kilmoyle das Ganze und er schob den Räumungsbefehl unter der Haustür durch.
„Ich räuchere Sie aus wie eine Ratte, wenn es sein muss!“, schrie er wütend.
Danach ritten wir aus, fischten und ließen den Tag beim Abendessen mit ein paar Flaschen Champagner ausklingen. Vielleicht war es der Champagner, der Kilmoyle dazu brachte, mir sein Angebot zu unterbreiten: Für zwei Jahre würde er mir das Landhäuschen mietfrei überlassen, wenn ich die notwendigen Renovierungsarbeiten durchführte und bezahlte. Ich sagte sofort zu. So viel würden die Schönheitsreparaturen schon nicht kosten, und sobald das Baby da war, gäbe es für Lily bestimmt nichts Besseres, als ein paar Sommer dort zu verbringen. Das dachte ich jedenfalls.

Am nächsten Tag, an dem ich mich aufgrund des Champagners leicht verkatert fühlte, ritten wir erneut zum Häuschen hinüber. Der alte Mann saß wieder in seinem Sessel vor dem Kamin und hatte wie tags zuvor seine Pfeife zwischen den Zähnen. Der Hund war nirgends zu sehen.
Kilmoyle klopfte forsch ans Fenster.
„He, Sie da, kommen Sie sofort raus! Haben Sie mich verstanden? Das ist meine letzte Warnung!“
Als Antwort legte der Kerl eine Flinte an und zielte ruhig auf uns. Wir warfen uns auf den Boden, gerade noch rechtzeitig, bevor er beide Trommeln Munition durchs geschlossene Fenster schoss.

Wenn ich mich zunächst ein bisschen unbehaglich gefühlt hatte, diesen alten Mann aus seinem Häuschen zu räuchern, war das jetzt vergessen. Wir vernagelten die anderen Fenster mit Brettern, wobei wir uns von den Seiten heranarbeiteten, falls er wieder schießen sollte. Wir verstopften die Türritze mit Schlamm und entzündeten ein großes Feuer unter dem zerbrochenen Fenster. Der Wind blies genau aus der richtigen Richtung und sehr bald zogen dicke, beißende Rauchschwaden ins Haus.

Ich hätte das keine fünf Minuten ausgehalten, aber der alte Mann musste aus anderem Holz geschnitzt worden sein und ertrug den Rauch beinahe eine halbe Stunde. Wir überlegten uns gerade, ob wir das Feuer lieber löschen sollten, damit er nicht im Rauch erstickte, als die Tür aufging und er hinausgetaumelt kam. Er schoss wild um sich, verfehlte uns jedoch um einiges und brach schließlich zusammen, schwarz vor Rauch und unkontrolliert hustend. Wir schleiften ihn schnell vom Haus fort, lösten gleichzeitig die Waffe aus seinem Griff und Kilmoyle schüttete ihm einen Tropfen Whisky in die Kehle.

Kaum eine Stunde später hatten wir das Feuer gelöscht, die wenigen Habseligkeiten aus dem Haus geräumt und Fenster und Türen mit Brettern vernagelt, damit niemand einsteigen konnte. Kilmoyle bot dem alten Mann an, ihn ins nächste Dorf zu bringen, wo er angeblich Verwandte hatte; aber er lehnte ab und wankte davon. Zufrieden mit unserer Arbeit gingen wir zu unseren Pferden und saßen auf.

Genau in dem Augenblick erklang hinter dem Haus ein fürchterliches schmerzerfülltes Jammern.

„Was ist denn jetzt los?", fragte Kilmoyle ungeduldig.

Wir fanden den alten Mann, der neben dem erbärmlich kleinen Schweinestall einige Meter vom Haus entfernt kauerte. Der Stall war vollständig niedergebrannt, ein Funke musste sein strohgedecktes Dach entzündet haben.

„Mein Hund, mein Hund!", schrie der alte Mann.

Offenbar war sein Hund darin angebunden gewesen. Jetzt war er tot. Es tat mir leid, aber niemanden traf Schuld. Es war einfach Pech. Das Prasseln des Feuers und der stürmische Wind mussten das qualvolle Jaulen des Hundes übertönt haben.

Der alte Mann war außer sich, jammerte, schrie und heulte zugleich.

„Hören Sie", rief Kilmoyle und sein vornehmer Akzent klang ziemlich lächerlich, „ich bedauere das mit Ihrem Hund. Aber Sie müssen einsehen, dass es ein Unfall war."

Plötzlich fühlte ich Mitleid oder Schuld. Ich wollte so gerne auf irgendeine Weise helfen, wusste jedoch nicht wie. Der Hund war tot. Niemand konnte ihn wieder lebendig machen. Doch wenn ich etwas, irgendetwas, getan oder eine

Geste des Mitgefühls gezeigt hätte, dann wäre meine Familie vielleicht verschont geblieben. Verschont geblieben von den Dingen, die in den darauf folgenden Wochen und Monaten geschahen.

Der alte Mann sah schweigend zu Kilmoyle hinauf, der kerzengerade auf seinem prachtvollen Pferd saß. Dann blickte er zu mir hinüber und für ihn wirkte ich wahrscheinlich ebenso unerreichbar und mächtig wie Kilmoyle. Er spuckte dreimal vor uns auf den Boden, bevor er eine Flut von Schmähungen gegen uns richtete.

Ich verstand kein Wort – es muss Gälisch gewesen sein – aber ich wusste, sehr freundlich war es nicht.

„Komm“, sagte Kilmoyle zu mir und wendete sein Pferd. Gemeinsam galoppierten wir davon.

„Was hat er gesagt?“, fragte ich Kilmoyle etwas später, als wir zu den Ställen trabten.

„Er hat uns verflucht.“

„Verflucht? Du meinst, er hat geflucht?“

„Nein, ich meine, verfluchen – er hat uns mit einem Fluch belegt!“ Kilmoyle lachte. „Wir werden von den Geistern derjenigen heimgesucht werden, denen wir Unrecht getan haben! Unser Leben wird in Schrecken und Elend enden! Selbst unsere Lieben werden nicht verschont werden! Die Geister werden nicht eher ruhen, bis sie gerächt worden sind!“ Er lächelte, stieg von seinem Pferd ab und reichte einem Stalljungen die Zügel. „Das ist natürlich absoluter Unsinn.“

„Oh“, sagte ich, „natürlich.“

Am nächsten Tag erhielt ich einen Brief von Lilys Schwester, in dem sie mich bat, umgehend nach Hause zu kommen; Lily ginge es nicht gut. Selbst in ihren besten Zeiten war Lilys Gesundheit eher kläglich, aber im achten Monat der Schwangerschaft krank zu werden, war besonders beunruhigend. Als ich Kilmoyle davon berichtete, bot er mir an, mich sofort mit seinem zweirädrigen Pferdewagen zum Bahnhof zu fahren. Wir rasten die Straße zur nächsten Stadt hinunter und nahmen eine scharfe Kurve ziemlich rasant. Plötzlich brachen die Pferde aus und das Wagenrad auf der Beifahrerseite hob vom Boden ab.

„Gütiger Himmel, wir haben irgendetwas überfahren!“, rief ich.

Kilmoyle zügelte die Pferde, wir stiegen aus und sahen nach. Dort lag ein Hund, ein toter Hund. Verkohlt und schwarz. Und wir wussten, dass es derselbe Hund war, den wir versehentlich am Tag zuvor getötet hatten. Dann entdeckten wir den alten Mann, der ein kleines Stück entfernt am Straßenrand hockte. Er jammerte auf eine seltsame Weise. Kilmoyle schrie ihn an, wollte wissen, warum er den toten Hund mitten auf die Straße gelegt hatte, aber der alte Mann bemerkte uns nicht einmal. Zu groß war sein Schmerz.

Sein Anblick erregte mein Mitleid, ich tat jedoch nichts, um ihm zu helfen. Ich dachte allein an meine Frau, und nachdem wir den verkohlten Kadaver von der Straße entfernt hatten, fuhren wir weiter.

Drei Wochen später wurde ich in England stolzer Vater eines Sohns mit Namen George. Lily erholte sich nach meiner Rückkehr recht gut und die Geburt bereitete keine größeren Probleme. Wir waren eine sehr glückliche kleine Familie, bevor die Tragödie langsam ihren Lauf nahm.

Eines Abend saßen Lily und ich im Wohnzimmer, plauderten und betrachteten durch das offene Fenster den Garten. Das Baby schlief unter der Aufsicht des Kindermädchens in einem anderen Zimmer. Nach einer Weile nickte Lily ein. Ich ging in mein Arbeitszimmer, um einige Briefe zu schreiben.

Kurze Zeit später hörte ich Lily schreien. Ich ließ die Feder fallen und rannte, so schnell ich konnte, ins Wohnzimmer, wo sie weiß wie die Wand in den Armen des Kindermädchens lag.

„Im Garten“, flüsterte sie und deutete mit zitternder Hand nach draußen. „Da draußen!“

„Was ist da?“

Sie stand unter Schock und brachte kein Wort heraus. Ich bat das Kindermädchen, auf sie aufzupassen, und marschierte in den Garten hinaus. Doch so gründlich ich auch suchte, ich fand nichts.

Als ich wieder hineinkam, hatte sich Lily so weit erholt, dass sie mir sagen konnte, was sie gesehen hatte.

Halb dösend hatte sie in ihrem Sessel gelehnt, als ein schwerer Druck auf der Schulter sie aufweckte. Zugleich spürte sie einen heißen Atem auf ihrer Wange.

Sie fuhr hoch und schrie: „Wer ist das? Was ist das?“ Sehen konnte sie nichts, hörte jedoch, wie irgendein Tier, „ein Tiger oder ein Wolf!“, durchs Zimmer zum Fenster hinübertapste.

Dann hatte sie geschrien und das Kindermädchen und ich waren ihr zu Hilfe geeilt.

Meiner Meinung nach hatte sie geträumt. Ich glaubte, es wäre einer von diesen lebhaften Träumen, die man in der Phase zwischen Schlafen und Wachen haben kann. Lily wollte davon zunächst nichts wissen, aber der Arzt, den ich holte, stimmte mir zu.Er sagte, das sei die einzige Erklärung dafür. Ich brachte sie zu Bett und der Doktor verabreichte ihr ein Schlafmittel.

Als wir wenig später in meinem Arbeitszimmer standen, riet er mir, Lily einen Aufenthalt auf dem Land zu ermöglichen. Ihre Nerven seien sehr schwach.
„Ruhe und viel frische Luft werden ihr gut tun“, sagte er.
Ich erzählte ihm von dem Häuschen in Irland. Ich hatte bereits alles in die Wege geleitet: Bauarbeiter renovierten das Innere und sollten ihre Arbeit bald beenden.
„Perfekt“, meinte er. „Je früher Sie aufs Land ziehen können, desto besser.“

Lilys Zustand besserte sich nicht, während wir auf den Abschluss der Renovierungsarbeiten warteten. Sie hatte ständig Angst um das Baby, dachte immer, ihm würde etwas passieren.
Ich glaubte, das sei für eine junge Mutter ganz normal. Ich nahm es nicht weiter ernst.
Manchmal wenn George nicht bei uns war, begann Lily vor Furcht zu zittern, weil sie felsenfest davon überzeugt war, das Kindermädchen habe George allein gelassen und er sei in schrecklicher Gefahr. Eines Nachts wachte sie sogar auf und schrie, etwas Bedrohliches würde sein Unwesen treiben.
Ich sprang aus dem Bett und hastete ins Kinderzimmer. Der Junge schlief tief und fest.

„Ist er weg?“, fragte mich Lily, als ich ins Schlafzimmer zurückkam.
„Wer?“
„Der Hund.“
„Welcher Hund?“
„Der Hund, der die Treppe zu George hinaufgerannt ist!“, schrie sie.
„Lily“, sagte ich, „da ist kein Hund, du musst einen Albtraum gehabt haben.“
„Nein, das war kein Albtraum!“, antwortete sie wütend.
Warum hörte ich ihr nicht zu? Warum begriff ich nicht, dass sie etwas sehen konnte, was ich nicht sehen konnte? Jedes Mal, wenn sich ein ähnlicher Vorfall ereignete, erklärte ich ihr, es läge an ihren Nerven, sie habe einen bösen Traum gehabt oder einen Schatten an der Wand gesehen.
Anstatt ihr zuzuhören, rief ich den Arzt. Und anstatt ihrem verzweifelten Wunsch, in England zu bleiben, nachzugeben, bereitete ich unseren Umzug nach Irland vor. Aus voller Überzeugung das Richtige zu tun.

Während dieser Zeit schrieb ich mehrmals an Kilmoyle, um ihn über meine Pläne zu informieren und nachzufragen, wie es um die Arbeiten an dem Häuschen bestellt war. Aber merkwürdigerweise antwortete er nie. Und als wir schließlich am Anfang des Sommers mit unserem kleinen Hausstand in Irland eintrafen, hatten wir immer noch nichts von ihm gehört.

Das Häuschen sah großartig aus und ich musste mich – trotz Lilys Widerstand – zu diesem Umzug einfach beglückwünschen. Ja, selbst Lily war von der Schönheit des Häuschens hingerissen. Und wir planten glücklich, wo und wie wir alles hinstellen würden. Unser kleiner Sohn, mittlerweile sechs Monate alt, gluckste selig auf dem Schoß des Kindermädchens. Und alles in allem war ich mir sicher, dass sich unser Schicksal zum Guten gewendet hatte.

Für den Nachmittag hatte ich einige Männer vom Ort bestellt, die die Möbel in das Häuschen tragen sollten. Alles ziemlich kleine, drahtige Männer, die jedoch mit einer Hand mehr tragen konnten als ich mit zwei. Lily dirigierte sie und die Zimmer füllten sich eines nach dem anderen.

Als sie eine große Frisierkommode ins Haus trugen, bemerkte Lily, dass sie auf eine sonderbare Weise über die Türschwelle stiegen. Bis zur Eingangstür gingen sie normal – so normal wie möglich, wenn man von einer schweren Eichenkommode niedergedrückt wird –, aber sobald sie sich der Türschwelle näherten, schienen sie mit einem großen Schritt über etwas hinwegzusteigen.

„Warum machen sie das?“, flüsterte Lily mir zu und zeigte unauffällig auf einen der Männer.

„Ich weiß nicht. Frag sie halt."

Lily kicherte.

„Okay", sagte sie, „ich frag sie."

Als die Männer das nächste Möbelstück hereintrugen, sprach Lily einen der Männer an. „Warum gehen Sie so komisch über die Schwelle?", fragte sie.

Der Angesprochene blickte ihr kurz in die Augen und ging dann wieder seiner Arbeit nach. Lily war aufgebracht, weil er nicht geantwortet hatte, marschierte unbekümmert aus dem Häuschen und stellte sich genau vor die Schwelle.

„Sehen Sie", sagte sie, „Sie können hier hintreten, wenn Sie wollen", und ging vor der Tür hin und her.

Wieder schwieg der Möbelpacker. Das machte Lily verlegen und frustrierte sie so sehr, dass sie plötzlich ärgerlich mit ihrem Fuß aufstampfte.

„Antworten Sie mir! Sagen Sie mir warum!", schrie sie beinahe.

Der älteste Mann, ein grimmiger, grauhaariger Kerl von etwa fünfzig Jahren, hielt in seiner Arbeit inne und sah sie an. Seine Kollegen taten dasselbe. Er wartete einige Augenblicke.

„Es ist ein Grab, Ma'am. Der alte Mann hat hier seinen Hund begraben."

Dann packte er die eine Ecke eines Kleiderschranks und einer der anderen Männer hob die andere Ecke an und beide warteten darauf, dass Lily aus dem Weg ging.



Lily stand einen Moment stocksteif da und ihre rosigen Wangen wurde bleich. Dann wimmerte sie leise und schwankte zur Seite. Ich sprang ihr zu Hilfe und brachte sie

auf die Rückseite des Häuschens, wo das Kindermädchen mit dem Baby spielte.
„Ich habe auf dem Grab aufgestampft“, flüsterte sie verzweifelt und die Tränen liefen ihr übers Gesicht.
„Sei nicht albern“, flüsterte ich. „Es ist nur ein Hund.“
Lily schüttelte den Kopf.
„Bring uns von hier fort, bitte, bring uns weg!“
Das Kindermädchen schaute uns verwirrt an und George begann zu weinen.
„Lily, wir sind doch eben erst angekommen! Wie sieht das denn aus, wenn wir noch am selben Tag wieder abreisen?“
„Das ist mir egal! Wir dürfen hier nicht einen Tag, eine Stunde oder eine Minute länger bleiben! Warum hörst du nie auf mich? Warum?“
Diese Frage habe ich mir seit jenem schrecklichen Tag oft gestellt.
Wie üblich beachtete ich Lilys Angst nicht weiter. Ich sagte, dass wir, sobald die Männer gegangen waren, zur Beruhigung eine Tasse Tee trinken würden. Danach würde ich Kilmoyle besuchen und sie könnte sich überlegen, ob sie wieder nach Hause zurückwollte. Wenn sie es dann immer noch wollte, dann – nun, dann würde ich darüber nachdenken.
„Wir müssen sofort weg von hier!“, beharrte Lily.
Ich antwortete ihr nicht einmal. Und als sie merkte, dass ich nicht dazu zu bewegen war, beruhigte sie sich etwas.
Ich und ließ sie in einem Schaukelstuhl mit dem Baby auf ihren Knien zurück und ritt dann zu Kilmoyles Schloss hinüber.

Das Schloss schien sonderbar verwaist und still, als ich ankam. In keinem der Fenster brannte Licht und weder Diener noch Gärtner eilten geschäftig umher. Ich läutete. Schließlich öffnete der Butler die Tür und sah mich überrascht an, während er sich noch seinen Kragen zuknöpfte.

„Ist Lord Kilmoyle zu Hause?“, fragte ich.

„Nein, Sir.“

„Verdammt. Wann kommt er zurück?“

Der Butler zögerte. „Ich weiß nicht, Sir.“



„Heute? Nächste Woche?“

„Ich fürchte, ich kann Ihnen das nicht beantworten, Sir.“

„Und warum in aller Welt nicht?“

Der Butler zuckte unbehaglich mit den Schultern, als ob er nicht wüsste, was er mir erzählen sollte. Ich war überzeugt, dass hier etwas Sonderbares vor sich ging, und ich wollte herausfinden was es war.

„Schauen Sie, Reynolds ... Sie heißen doch Reynolds, nicht wahr?“

„Ja, Sir.“

„Also, sehen Sie, Reynolds“, wiederholte ich und kramte einige Münzen aus meiner Tasche. „Lord Kilmoyle ist ein alter Freund von mir. Wir kennen uns schon ewig, und ich bin sicher, er wäre einverstanden damit, dass Sie mir sagen, wann ich ihn zurückerwarten kann. Und das hier hilft vielleicht Ihrer Erinnerung auf die Sprünge“, fügte ich hinzu und drückte ihm die Münzen in die Hand.

Reynolds blickte verwirrt auf seine Hand.

„Das ist sehr nett von Ihnen, Sir, aber ich fürchte, es hilft nichts. Aus dem einfachen Grund, weil ich nicht weiß, wann er zurückkommen wird.“ Er gab mir die Münzen zurück und ich kam mir sehr töricht vor. „Wissen Sie, Sir“, begann er zögernd, „in den letzten Monaten hat sich Seine Lordschaft verändert. Er musste ... *musste* fort.“

Die Art, wie Reynolds das Wort betonte, ließ mich aus irgendeinem Grund innerlich erschaudern. Ich stutzte und dann erzählte mir Reynolds plötzlich, was geschehen war.

„Wissen Sie, Sir, er hat den Verstand verloren.“

„Den Verstand verloren?“, fragte ich entrüstet. „Kilmoyle ist einer der vernünftigsten und nüchternsten Männer, die ich kenne!“

„Ja, Sir. Leider denkt er, dass er von einer Art, ähm ... Dämon verfolgt wird. Darunter hat seine Gesundheit in einem beunruhigenden Ausmaß gelitten, was seine Einlieferung ins … ähm … seine Einlieferung erforderlich machte." Reynolds hüstelte diskret.

„Wohin? Ins Krankenhaus?"

„Nicht ganz, Sir. In eine Anstalt. In eine Irrenanstalt."

Wir schwiegen eine Weile.

„Offen gestanden, Sir, zurzeit liegt hier alles völlig im Argen, deshalb mussten Sie auch so lange warten. Bitte entschuldigen Sie, Sir."

„Ja, Reynolds, ja. Natürlich."

„Ich danke Ihnen, Sir. Auf Wiedersehen."

Er wollte die Tür schließen.

„Ach, Reynolds, nur noch eines, bevor ich gehe."

„Ja, Sir?"

„Dieser … Dämon … Was für eine Art von Dämon soll es denn sein?"

„Ich glaube, ein Hund, Sir."

Ich bestieg mein Pferd und galoppierte davon. Das Unbehagen in meiner Magengegend wuchs schnell zu panischer Angst, und bis das Häuschen in Sicht kam, raste ich im Galopp dahin. Als ich das Pferd durchparierte, hörte ich schon Lilys qualvolle Schreie.

„Der *Hund*! Der *Hund*!"

„Aber Ma'am, welcher Hund?", hörte ich das Kindermädchen fragen – und dann war ich drinnen.

„Lily, was ist?"

„Hast du ihn nicht gesehen? Der Hund, er kam aus dem Grab, er hat mein Baby geholt! Er hat mein Baby geholt!“
Sie begann vor Schmerz zu schreien und zu jammern. Ich raste ins Kinderzimmer, das Kindermädchen lief dicht hinter mir her.
„Aber – das verstehe ich nicht – vor nur einer Minute war das Baby noch hier“, flüsterte sie.
„Sie haben keinen Hund gesehen?“ Ich schrie und war außer mir vor Angst.
„Nein, Sir.“
Ich rannte aus dem Kinderzimmer, rannte durch alle anderen Zimmer, lief dann nach draußen und suchte verzweifelt nach George. Doch es war hoffnungslos. Die ganze Zeit über schrie Lily. Was hatte sie gesagt?
„Er kam aus dem Grab, er hat mein Baby geholt!“
„Passen Sie auf sie auf!“, rief ich dem Kindermädchen zu, packte den Spaten, der in dem kleinen Garten lag, und lief zur Haustür. Wild fing ich an zu graben. Der alte Mann hatte ein tiefes Grab ausgehoben. Der Erdhügel hinter mir

wurde immer höher. Endlich stieß meine Schaufel auf ein mit einer Plane umwickeltes Bündel. Ich kratze schnell die Erde darauf weg und hob es heraus. Ich hielt inne. Im Hintergrund jammerte Lily und das Kindermädchen tat sein Bestes, um sie zu beruhigen. Schweren Herzens wickelte ich die Plane auf. Ich fand … Ich fand den verkohlten und verwesenden Hund des alten Mannes. Sonst nichts. Keine Spur von meinem Sohn.

Ein kleiner Hoffnungsschimmer regte sich in mir. Vielleicht war George von jemandem entführt worden? Wir könnten einen Suchtrupp organisieren und ihn so finden. Und während ich die Erde ins Grab zurückschaufelte, versuchte ich mich daran zu erinnern, wo die nächste Polizeiwache war. Dann entdeckte ich zwischen der Erde einen Fetzen von Georges blauer Babydecke. Dreckig und zerrissen, aber zweifellos ein Stück von seiner Decke.

Ich sank schluchzend auf die Knie und tief aus meinem Innern drang ein unerträglicher Klagelaut, so, als ob er von jemand anderem käme. Ich spürte, mein Leben war zu Ende. Mein Sohn war tot.

Zwei Jahre ist es nun her, seit uns unser Baby genommen wurde. Und seit dieser Zeit hat der Geisterhund des alten Mannes seine grausame Rache fortgesetzt. Kilmoyle war das erste Opfer. Er wurde Tag und Nacht von dem Hund heimgesucht, bis sein Verstand und sein Körper die Tortur nicht mehr ertrugen. Er ist tot.

Was kümmert mich das? Gestern starb meine Frau in mei-

nen Armen. Die ganze Zeit hat sie gegen den Fluch gekämpft. Der Hund erschien ihr so häufig, dass sie fast wahnsinnig wurde. Dann wiederum schien sie von ihm frei zu sein und ich schöpfte schon Hoffnung, dachte, wir könnten ein neues Leben beginnen. Gestern Morgen jedoch sah sie ihn erneut, und zum letzten Mal.

„Bleib mir vom Hals, bleib mir vom Hals!“, hörte ich sie aus dem Schlafzimmer schreien. So, als ob sie angegriffen würde.

Ich rannte so schnell ich konnte zu ihr hinauf und fand sie nahezu bewusstlos. Bald darauf starb sie.

Jetzt ist alles vorbei. Alle sind tot. Mein Freund, mein Sohn und meine Frau. Nur ich bin verschont geblieben. Warum, weiß ich nicht. Ich bezweifele die Existenz des Dämons nicht, aber aus irgendeinem Grund habe ich nie gesehen … Was ist das? Dieser Lärm … Ein scharrendes Geräusch an der Tür … Nein, es ist vorbei. Moment … Da ist nichts … Da wieder. Dieses Geräusch … Und jetzt … Draußen tapst etwas den Flur entlang. Etwas versucht ins Zimmer zu gelangen.

# Ein Ferngespräch

Wir müssen alle sterben. Nichts ist unvermeidlicher und sicherer als das. Aber warum müssen wir sterben? Und was geschieht danach? Eines Tages erlebte ich etwas, was mich ein wenig hinter diese Fragen blicken ließ.

Es war tragisch, als die Frau meines Freundes Vincent starb. Denn Vincent war viel älter als sie und litt nicht nur deshalb an der großen Trauer, sondern auch darunter, dass sie überraschenderweise vor ihm gestorben war.

Er war vierzig und sie fünfundzwanzig gewesen, als sie 1876 geheiratet hatten. Über zwanzig Jahre hatten sie zusammen verlebt. Gute Jahre. Vielleicht waren sie so gut ausgekommen, weil sie so grundverschieden waren.

Vincent war in keiner Weise ein schwacher oder antriebsarmer Mann, wirkte aber im Vergleich zu Alison manchmal so. Sie war ungestüm und bestimmend, ohne jedoch tyrannisch zu sein. Und sie liebte Vincent sehr und machte ihn zweifellos glücklich.

Eines mochte ich an Alison jedoch nicht: ihre besitzergreifende Art. Obwohl Vincent ihr zutiefst ergeben war und überhaupt keine andere zu lieben vermochte, neigte Alison aus den nichtigsten Gründen zur Eifersucht.

Plauderte Vincent zu lang mit einer Bekannten, dann marschierte Alison zu ihm hin und zog ihn einfach fort. Das war ebenso unnötig wie unhöflich, aber vermutlich entwickeln sich in den meisten Ehen derartig eigentümliche Verhaltensweisen.

Der gutmütige Vincent fand sich einfach mit ihrer Art ab, was zur Folge hatte, dass sie schließlich beinahe jeden vor den Kopf gestoßen hatten, den sie kannten. Mit den Jahren wurde ihr Bekanntenkreis immer kleiner und sie waren immer mehr aufeinander angewiesen. Als die 49-jährige Alison dann nach etwa zweimonatiger Krankheit verstarb, besaß Vincent nur noch wenige Freunde. Dass er mit mir nach wie vor in Kontakt geblieben war, lag vielleicht daran, dass ich nicht geheiratet hatte und es keinen Partner gab, den Alison kränken konnte. Dennoch hatte selbst ich Vincent seit einigen Jahren nicht mehr gesehen. Deshalb hätte ich mich auch nie als einen nahen Freund bezeichnet. Es überraschte mich, ja, brachte mich sogar in Verlegenheit, als er mich nach der Beerdigung bat, eine Weile bei ihm zu wohnen. Mir gefiel diese Idee nicht. Und war ich wirklich der einzige Freund, den er darum bitten konnte?

Ich glaubte allerdings, keine andere Wahl zu haben, und sagte zu. Jemand musste ihm Gesellschaft leisten, wenigstens für ein paar Tage. Er schien so einsam ohne seine Frau. Vincent wohnte weit draußen auf dem Land, in einem winzigen Dorf namens Ellerdon. Ich hasse das Land. Jedes Mal, wenn ich auf dem Land bin, fordern die Menschen mich auf, Tiere zu töten. Sie erwarten, dass ich auf ein Pferd steige und durch drei Grafschaften einem Fuchs nachjage, bis er tot umfällt, oder eine völlig gesunde Ente vom Himmel schieße.

Nein, für mich steht außer Frage: Das Land ist tatsächlich

eine sehr befremdliche Gegend und die dort lebenden Menschen sind sogar noch sonderbarer. Ich brachte es nicht über mich, Vincent seine Bitte abzuschlagen, doch ich erwartete eine langweilige Zeit. Offen gestanden bedauerte ich mich weitaus mehr als ihn.

Der Abend nach dem Begräbnis gestaltete sich unglaublich düster. Vincent und ich saßen meist schweigend in seiner Bibliothek. Es gab nicht viel zu sagen. Seine Frau war tot. Er hatte sie geliebt und musste nun ohne sie leben.

Meine Anwesenheit schien ihm ein wenig zu helfen. Ich las Zeitung und er tat so, als lese er ein Buch, obwohl ich

wusste, dass er mit seinen Gedanken ganz woanders war. Mit dem lauten Ticken der Standuhr verstrich die Zeit.
Nach ein oder zwei Stunden betrat Jenkins das Zimmer. Jenkins war seit Urzeiten Vincents Diener. Es hatte etwas sonderbar Beruhigendes an sich, wie er langsam durch die Bibliothek auf uns zustapfte.
„Ein Glas Portwein, Sir?“
„Ja, gern. Danke, Jenkins.“
Während ich Jenkins dabei beobachtete, wie er den Portwein eingoss, kam mir in den Sinn, dass er seit Alisons Tod ganz gewiss die wichtigste Person in Vincents Leben war.
„Ich werde morgen an der Fuchsjagd teinehmen“, sagte Vincent und ahnte nicht, wie mir dabei das Herz in die Hose rutschte. „Es wird mich auf andere Gedanken bringen. Warum kommst du nicht einfach mit? Es muss Jahrzehnte her sein, seit du das letzte Mal ausgeritten bist.“
„Ich mag Fuchsjagden nicht, Vincent. Für meinen Geschmack sind sie ein wenig zu blutrünstig.“
„Unsinn! Die meiste Zeit kommen wir nicht einmal in die Nähe eines Fuchses. Außerdem bist du ein ausgezeichneter Reiter.“
„Es tut mir leid, Vincent, aber ich mag nicht ausreiten und Fuchsjagden hasse ich wirklich abgrundtief.“
Das Telefon läutete. Ein klingelndes Telefon ist eigentlich nichts Ungewöhnliches. Ich war nur etwas erstaunt, dass Vincent überhaupt ein Telefon besaß. Ansonsten konnte ich dem Läuten nichts Überraschendes oder Erschreckendes abgewinnen. Ich erwähne das, weil Vincent, sobald es zu läuten begann, mit einem seltsamen Aufschrei von sei-

nem Stuhl aufsprang. Es klang wie das erschreckte Aufheulen eines frisch verletzten Tieres.

Das Telefon klingelte weiter. Ich schaute Vincent an. Mit nahezu kalkweißem Gesicht und weit aufgerissenen Augen starrte er unverwandt auf das Telefon. Ich weiß nicht, wie lange wir so verharrten, wie lange ich Vincent anstarrte und Vincent das Telefon. Es dauerte lang genug und das Klingeln hörte auf. Einige Augenblicke später sank Vincent in seinen Sessel zurück. Was sollte und konnte ich schon sagen? Sein Kummer zerrte eindeutig an seinen Nerven.

„Plötzliche Geräusche können einen sehr erschrecken“, murmelte ich schließlich und war mir über die Unsinnigkeit meiner Worte im Klaren, aber es musste etwas gesagt werden. Vincent schwieg.

„Ich wusste gar nicht, dass ihr euch so weit draußen auf dem Land ein Telefon legen lassen könnt“, fuhr ich fort.

„Ich habe es legen lassen, als Alison krank wurde“, erklärte Vincent endlich. „Es verbindet ihr Krankenzimmer mit der Bibliothek. Wenn ich hier unten war und sie mich brauchte, dann konnte sie einfach anrufen.“

„Ja“, sagte ich mitfühlend. „Ich verstehe, warum es dich so erschreckt hat. Es muss ... es muss eine ziemlich schmerzhafte Erinnerung sein.“

Wieder schwieg Vincent.

„Wer, glaubst du, hat dich angeläutet?“, fragte ich. „Wahrscheinlich einer deiner Diener, doch ich kann mir nicht denken welcher. Ich meine, es ist nicht nur gedankenlos, sondern für einen Diener gehört es sich auch nicht, dich anzuläuten! Du solltest ein ernstes Wort mit ihnen reden.“

„Es war keiner von den Dienern“, antwortete er.
„Oh? Wer dann?“
Er ging zum Telefon hinüber, hob es hoch und hielt es mir vor die Nase. Die Leitung hing schlaff herunter.
„Ich habe es ausgesteckt, nachdem sie gestorben war“, erklärte er mir mit seltsam tiefer Stimme.
Mir kroch ein unangenehmes Gefühl die Arme und Beine hinauf in den Nacken. Trotz meiner ganz bewusst kontrollierten Gestik und Mimik hämmerte mein Herz rasch und unregelmäßig.
„Diese Dinge sind im Allgemeinen … erklärbar“, brachte ich hervor.
„Sind sie?“
„Natürlich.“
„Wie?“
„Oh, du weißt schon.“
Vincent sah mich fast wütend an.
„Nein“, sagte er, „nein, ich weiß es nicht.“
„Ein geschmackloser Streich oder …“
„Aber das verdammte Ding ist nicht einmal angeschlossen!“, sagte er mit Nachdruck und schwenkte dabei das Kabel von links nach rechts.
„Es könnte eine elektrische Spannung in der Luft sein“, schlug ich unsicher vor, „die eine merkwürdige Wirkung hervorruft. Vielleicht etwas wie …“
Mir versagte die Stimme. Vincent sah mich an, als ob ich ein kompletter Idiot wäre. Vielleicht zu Recht.

Das Telefon begann erneut zu läuten. Es war Furcht erregend. Und dieses Mal lag etwas Schreckliches in dem Klingeln – Vincent hielt das Telefon noch immer in der Hand. Einen Moment lang starrte er das Telefon mit hilflosem Entsetzen an, als ob es eine giftige Schlange wäre. Ich klammerte mich an meinen Stuhl. Vielleicht keuchte ich sogar. Vincent schrie wie zuvor aus Angst und Panik auf, knallte das Telefon auf den Schreibtisch und wich einige Schritte zurück.

Ich konnte das Kabel sehen, das über die Schreibtischkante herunterhing. Das Telefon klingelte weiter.

„Willst du drangehen?“, flüsterte ich nach einer Weile.

„Nein, will ich nicht.“

„Gut, dann geh ich dran.“

Ich langte vorsichtig zum Apparat hinüber, legte meine Hand auf den Hörer und schloss langsam meine Finger.

Mein Mut verließ mich ein wenig, als ich das Vibrieren des Hörers spürte, das durch das Klingeln hervorgerufen wurde. Ich hatte nämlich gehofft, das Geräusch käme woanders her, hatte geglaubt, jemand erlaubte sich einen üblen Scherz mit uns.

„Hallo?“

Erst knackte und zischte es, dann war eine Stimme zu hören. Schwach und entfernt zwar, aber unverkennbar. Es war die Stimme von Alison.

„Richten Sie meinem Mann aus, dass ich ihn morgen erwarte.“

Ich schwieg und rechnete damit, dass sie noch etwas anderes sagen oder dass die Verbindung unterbrochen würde. Nichts dergleichen geschah. Das Zischen und Knacken ertönte weiter, als ob die Verbindung zu einem weit entfernten Ort führte.

„Hallo?“, sagte ich laut und, als niemand antwortete, legte ich den Hörer auf und wandte mich Vincent zu.

„Niemand dran“, sagte ich.

Als Vincent am darauf folgenden Morgen um sechs Uhr in dem scharlachroten Jackett für die Ellerdon Jagd herunterkam, war ich bereits auf. Er schien eine ebenso schlechte Nacht hinter sich zu haben wie ich. Wir begrüßten uns, jedoch keiner von uns verlor auch nur ein Wort über den vorherigen Abend. Vincent war erstaunt, mich so früh zu sehen.

„Anstatt auf die Jagd zu reiten“, sagte ich während des Frühstücks möglichst zwanglos, „könnten wir doch gemeinsam einen langen Spaziergang unternehmen. Hättest du Lust?“

„Einen langen Spaziergang?“

„Ja.“

„Mit dir? Ich dachte, du gehst nicht gern spazieren?“

„Stimmt, aber … Ich dachte, es könnte dir gut tun."
Er sah mich merkwürdig an.
„Das ist sehr nett von dir. Wie wäre es morgen? Spazieren gehen können wir jederzeit, die nächste Fuchsjagd dagegen findet erst wieder in drei Wochen statt."
„Ja", sagte ich langsam, „Du hast wahrscheinlich Recht, aber … Meinst du, ich könnte noch … Ist es zu spät, um … Kann ich doch noch mit zur Jagd kommen?"
Vincent blickte mich sonderbar an.
„Wenn du magst."
Den ganzen Tag klebte ich an ihm wie ein Blutegel. Wo immer er auch stand oder ging, war ich bereits zur Stelle und versuchte den Unfall vorauszusehen und zu verhindern, von dem ich sicher war, dass er passieren würde. Wann immer ich konnte, versuchte ich als Erster über die Hecken

und Zäune zu springen, und rief ihm dann über meine Schulter zu, was ihn auf der anderen Seite erwartete. Er war für diese Tipps nicht unbedingt dankbar.

Einmal hinderte ich ihn sogar daran, über ein Gatter zu springen. Es war nicht hoch und der Boden war fest, doch ich hatte ein schlechtes Gefühl, als wir auf darauf zugaloppierten. Ich wollte alles tun, um ihn von diesem Sprung abzuhalten, und drängte nach rechts in die Flanke seines Pferds hinein, was ihn vom Kurs abbrachte. Er war wütend.

„Zum Teufel, was für ein Spiel spielst du?“, schrie er außer sich vor Wut. „Wir verlieren noch die Meute!“

„Entschuldige, Vincent. Es war keine Absicht. Ich bin ein bisschen aus der Übung.“

„Aus der Übung? Eingerostet? Ha, du hast es absichtlich getan!“

Wir übersprangen eine niedrige Hecke weiter unterhalb des Feldes und jagten unseren Mitstreitern hinterher. Die Hufe der Pferde wirbelten Schlamm hoch und Dampf stieg in die kalte Winterluft auf.

An diesem Tag machte man Beute. Der gejagte, völlig erschöpfte Fuchs versuchte sich in einen Kaninchenbau zu retten, blieb aber darin stecken. Als wir herangaloppierten, gruben ihn die Hunde bereits aus. Plötzlich packten sie ihn, zerrten ihn heraus und rissen ihn in wenigen Sekunden in Stücke.

Normalerweise hätte mich die Szene angeekelt, doch alles, was ich fühlte, war Erleichterung. Die Gefahr für Vincent war vorüber. Heute würde es keinen Jagdgalopp und kein

Springen mehr geben – nur jede Menge herzlicher Glückwünsche und Schulterklopfen und daran war meines Wissens noch niemand gestorben.

„Was in aller Welt war heute los mit dir?“, fragte mich Vincent, als wir uns später auf den Heimweg machten.

„Was meinst du?“

„Du weißt genau, was ich meine. Du hast mir den Tag gründlich verdorben!“

„Lass uns den langen Spaziergang machen“, schlug ich vor, um das Thema zu wechseln.

Er sah mich zweifelnd an.

„Gut, gehen wir spazieren. Vielleicht hast du deinen Verstand eher beisammen, wenn du nicht auf einem Pferd sitzt.“

Ich lächelte kurz, als er lostrottete. Ich war mir fast sicher, dass ich ihm das Leben gerettet hatte und er nun außer Gefahr war.

„Ich habe eine Idee“, sagte er eifrig, „wir nehmen die Flinten mit – wir können ein paar Schnepfen schießen.“

Ich erzähle nichts von dem Spaziergang, weil nichts von großem Interesse geschah. Nur so viel: Ebenso wie er die Fuchsjagd überlebt hatte, überlebte er den Spaziergang, obwohl wir zwei Flinten mitnahmen. Und er überlebte die lange Wanderung nach Hause. Nirgendwo kippte er um und schlug sich seinen Kopf ein, wie ich befürchtet hatte, auch erlitt er keinen Herzinfarkt, womit ich stets gerechnet hatte.

Nach dem Abendessen saßen wir zusammen in der Bibliothek und ich war erleichtert, dass das Telefon still blieb.

Jenkins kam genau zur gleichen Zeit wie am Vorabend herein.

„Ein Glas Portwein, Sir?"

„Ja, gern. Danke, Jenkins."

Als es etwa auf dreiundzwanzig Uhr zuging, war ich davon überzeugt, dass Alisons Stimme irgendeine Art Trick, eine Wahnvorstellung, ein einzigartiges und ungeklärtes Naturphänomen oder gar eine Ausgeburt meiner Fantasie gewesen war. Halb zu Tode erschrocken durch das Läuten eines nicht angeschlossenen Telefons, war es da nicht ganz natürlich, dass sich mein Hirn etwas Unheimliches ausmalte, um es zu erklären?

Was das Läuten des Telefons anbelangte, kam ich zu dem Schluss, dass es das Produkt eines böswilligen oder geschmacklosen Scherzes sein musste. Ich wollte das überprüfen, nachdem Vincent zu Bett gegangen war. Sollte es etwas Verdächtiges ergeben, würde ich Jenkins danach fragen. Er würde am ehesten wissen, wer der Schuldige war.

„Ich gehe zu Bett", sagte Vincent schließlich.

„Gute Nacht, Vincent."

„Gute Nacht. Und …"

„Ja?"

„Danke, dass du geblieben bist. Ich schätze das sehr. Ich bin es nicht gewöhnt, allein zu sein. In den letzten zwanzig Jahren habe ich kaum einen Tag ohne Alison verbracht. Es ist so ungewohnt für mich."

„Ja, Vincent, es wird für dich noch sehr lange Zeit schwierig sein."

„Ja, das glaube ich auch."

Er ging schwerfällig zur Tür. Er hatte mehr Wein als üblich zum Abendessen getrunken – und hielt dann inne.
„Diese Sache mit dem Telefon letzte Nacht …"
„Ja?"
„Vielleicht klingt es dumm, aber … Es war niemand dran, oder? Ich meine, am anderen Ende der Leitung?"
„Nein. Nein, natürlich nicht."
„Nein, sicher, entschuldige. Dumme Frage."
Er öffnete die Tür, drehte sich zu mir um, schenkte mir ein komisches Schmunzeln und verließ dann das Zimmer.
Bevor ich begann, das Telefon zu untersuchen, wartete ich sicherheitshalber einige Minuten. Vincent kam nicht zurück.
Während ich den Hörer auseinandernahm, hörte ich einen Schuss, irgendwo im Haus. Aus einem unerfindlichen Grund schaute ich als Erstes auf die Uhr. Es war eine Minute vor Mitternacht. Dann rannte ich aus der Bibliothek und die Stufen zu Vincents Schlafzimmer hinauf. Ich blieb in der Tür stehen. Ein Mann stand mitten im Zimmer und beugte sich über einen Körper. In seiner Hand hielt er eine Pistole, aus der eine dünne Rauchfahne stieg.
„Jenkins!"
„Ja, Sir", antwortete er mit lächerlicher Förmlichkeit.
„Jenkins … Warum?"
„Ich fürchte, Sir, ich habe nicht die leiseste Ahnung."
„Geben Sie mir die Pistole."

„Ich werde sie lieber hierher legen, Sir", sagte er und legte sie auf die Kommode. „Ansonsten könnten Ihre Fingerabdrücke darauf gelangen."

Ich konnte nicht antworten, war zu schockiert und starrte ihn nur an.

„Und jetzt, Sir, entschuldigen Sie mich bitte. Ich denke, es wäre angemessen, wenn ich die Polizei riefe."

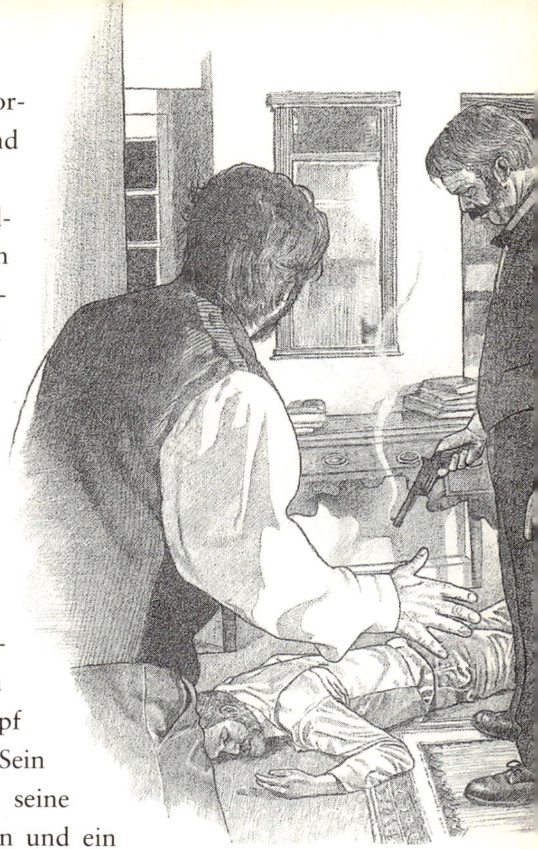

Lautlos zog er sich zurück und lief die Treppe hinunter. Ich ging langsam ins Zimmer und betrachtete Vincent, wie er mit ausgestreckten Armen und Beinen und einem kleinen Kugelloch im Hinterkopf auf dem Boden lag. Sein Kopf lag auf der Seite, seine Augen waren geschlossen und ein schwaches Lächeln lag auf seinem Gesicht zu sehen. Er wirkte glücklich und zufrieden.

Ich zweifelte nicht daran, dass er bei Alison war. Schließlich erwartete sie ihn ja.

# Der Schatten

Meine Schwester Lettie hat ein gebrochenes Herz. So etwas kommt vor, ist an sich nichts Außergewöhnliches, aber Lettie widerfuhr dieses Unglück auf eine derart sonderbare und beängstigende Weise, wie es noch nie jemandem widerfahren ist.

Sie begegnete George Mason auf einer Hochzeit, und es war Liebe auf den ersten Blick. Er war Marineoffizier und dazu recht ehrgeizig. Als man ihm anbot, mit auf eine Arktis-Expedition zu gehen, sagte er deshalb sofort Ja. Zweck der Reise sollte die Aufdeckung des Schicksals von Sir John Franklin, dem Forschungsreisenden, sein. Von ihm und seinen beiden Schiffen fehlte seit 1845 jede Spur. Zwei Jahre sollte George unterwegs sein.

Lettie musste lange überredet werden, am Ende jedoch stimmte sie seiner Reise zu. Eine Entscheidung, die sie seither bereut hat.

Zu der Zeit wohnte noch mein Bruder Harry bei uns. Heute ist er ein recht berühmter Maler, damals aber war er nur ein kleiner Student an der Kunstakademie. Lettie bat ihn, George vor seiner Abreise zu porträtieren. Harry nahm seine Aufgabe sehr ernst und George musste ein halbes Dutzend langer Sitzungen erdulden. Bei der Gelegen-

heit legte ihm Harry auch gleich seine Thesen zur Kunsttheorie dar.
Vielleicht verstand ja mein Bruder seine eigenen Theorien nicht richtig, auf jeden Fall war das fertige Bild meiner Meinung nach schrecklich. Lettie meinte jedoch, das Porträt sei „exquisit und schön“, während Harry erklärte: „Es ist schlichtweg das Beste, was ich bisher gemalt habe.“
Sie kauften einen wuchtigen vergoldeten Rahmen – normalerweise fanden berühmte Premierminister oder große Generäle in solchen Rahmen ihren Platz –, der halb so viel wog wie George selbst und an unserer Esszimmerwand ziemlich lächerlich wirkte. Doch solange das Bild Lettie und Harry glücklich machte, störte ich mich nicht weiter daran.

Drei Wochen bevor die *Pioneer*, Georges Schiff, auslaufen sollte, brachte George einen Kollegen mit zum Abendessen. Er hieß Vincent Grieve und war Marinearzt. Wir begrüßten ihn freundlich. Ich konnte ihn allerdings von Anfang an nicht leiden. Sein Gesicht wirkte hart und berechnend und es war etwas Grausames in seinen Zügen.
Ich traute ihm nicht über den Weg, und durch sein Benehmen an diesem Abend änderte sich das auch nicht. Zu unserem Erstaunen versuchte er tatsächlich mit Lettie zu flirten, obwohl er wusste, dass sie bereits vergeben war. Lettie gab ihm unmissverständlich zu verstehen, dass sie seine Flirterei als unangenehm empfand, während George und ich ihm immer deutlicher zeigten, dass er sich schlicht un-

gehörig aufführte. Der Kerl war jedoch unglaublich dickfellig. Er schien nicht zu spüren, wie sehr er uns mit seinem Benehmen verletzte.

Beim Abendessen setzte ich ihn zwischen meine Frau Rachel und mich. Auf der anderen Seite des Tisches, unter Georges Porträt, saßen Lettie, George und Harry.

„Dürfte ich wohl meinen Platz mit jemandem tauschen?“, fragte er während des ersten Ganges.

„Wenn Sie wünschen“, meinte ich verdutzt. „Sie können meinen nehmen.“

„Ich möchte lieber auf der anderen Seite des Tisches sitzen, wenn es Ihnen nichts ausmacht“, sagte er mit Nachdruck. „Dieses Porträt dort. Ich kann es einfach nicht ertragen. Die Augen sind so … beunruhigend.“

Diesem seltsamen Ausbruch folgte ein kurzes Schweigen.

„Dann setzen Sie sich hierher, Mr Grieve“, sagte Lettie und erhob sich halb von ihrem Stuhl.

„Nein, nein, das fällt mir im Traum nicht ein“, antwortete er schnell. „Bitte, ich bestehe darauf, bleiben Sie sitzen! Sie wollte ich keinesfalls stören.“

„Nun gut“, murmelte George, „dann setzen Sie sich eben auf meinen Stuhl.“

„Sehr freundlich“, sagte Mr Grieve, wobei er sonderbar lächelte.

Ich hielt das Ganze nur für einen plumpen und schamlosen Trick, um neben Lettie sitzen zu können. Und tatsächlich bemühte er sich den Rest des Abends darum, ausschließlich sie in ein Gespräch zu verwickeln.

Als George sich an diesem Abend verabschiedete, fragte ich ihn rundheraus, ob er etwa vorhabe, seinen Kollegen noch einmal einzuladen.

Er antwortete: „Mr Grieve ist auf einem Schiff als Gesellschaft sicher angenehm, allerdings weiß er sich in einem Haus leider nicht zu benehmen. Nein, ich lade ihn gewiss nicht noch einmal ein.“

Aber die Saat war gesät worden. Mr Grieve nutzte das einmal vollzogene Entree in unser Haus weidlich aus und wartete erst gar keine neue Einladung ab. Bereits am nächsten Tag kam er vorbei und am Tag darauf und an vielen weiteren Tagen. Und bald war er häufigerer zu Gast als George selbst.

Ich hätte Mr Grieve ja gesagt, dass er uns nicht mehr besuchen solle, aber er war ein so aalglatter Kerl und schien immer einen guten Grund zu haben. Häufig überbrachte er –

oder er gab es zumindest vor – kleine Nachrichten von George. Es schien das Beste zu sein, sich mit der Situation abzufinden, da die *Pioneer* ohnehin bald auslaufen würde.

Am Tag bevor das Schiff in See stach, tat Mr Grieve dann etwas ganz und gar Unverzeihliches.

Ihm gelang es, mit Lettie allein zu sein, und er gestand ihr seine Liebe. Natürlich wisse er, dass sie bereits vergeben sei, doch könne das keinen anderen Mann davon abhalten, sie zu lieben.

Lettie war wütend und warf ihn hinaus. Aber sogar noch auf der Stufe zur Eingangstür und während sie die Tür hinter ihm zu schließen versuchte, ließ er nicht locker und packte gegen ihren Willen ihre Hand.

„Zwei Jahre sind eine lange Zeit", flüsterte er ihr zu, „und wer weiß, ob George dich am Ende immer noch liebt!"

„Sie! Was fällt Ihnen ein!?"

„Dann wirst du dich daran erinnern, mein Liebling, dass ich dich eine Million Mal mehr liebe als er!"

Ich war äußerst ärgerlich, als sie mir von diesem Vorfall erzählte. Dennoch überredete mich Lettie, Mr Grieve nicht zur Rede zu stellen. Am nächsten Tag würde das Schiff ohnehin auslaufen und sie dachte, es lohne sich nicht, noch irgendwelchen Ärger zu machen.

Lettie weinte sich an diesem letzten Abend die Augen aus und George ging es nicht viel besser. Sie liebten sich innig und der Gedanke, zwei Jahre oder vielleicht länger getrennt zu sein, war schier unerträglich.

„Geh nicht!“, hörte ich Lettie schluchzen, als ich am Wohnzimmer vorbeikam. „Bitte, bitte, geh nicht!“
„Ich liebe dich, Lettie! Aber ich muss gehen!“, sagte George mit gebrochener Stimme und Lettie weinte noch lauter.
Ich ging weiter und schüttelte traurig Kopf. Der Gedanke an Letties Leid machte mich ebenfalls unglücklich. Ach, wenn George nur nicht so ehrgeizig und abenteuerlustig wäre! Warum konnte er nicht einfach zu Hause bleiben und in einem Büro arbeiten wie ich?
Die beiden Liebenden redeten, bis der Morgen dämmerte und George sich losreißen musste. Ich war zur Stelle, um

Lettie zu trösten. Ich zog sie von der offenen Haustür fort, in der sie zehn Minuten zitternd gestanden hatte, und führte sie ins Esszimmer. Ich setzte sie aufs Sofa. Ich konnte nichts anderes tun, als einfach für sie da zu sein. Sie schluchzte an meiner Schulter oder starrte voller Bewunderung das Porträt des von ihr so geliebten Mannes an.

In den nächsten Monaten bekam Lettie zwei Briefe von George. Im zweiten teilte er ihr mit, dass er nicht erneut schreiben könne. Die *Pioneer* sei im Begriff, in Breitengrade vorzustoßen, wo allenfalls noch Forschungsschiffe kreuzten, und es sei mehr als unwahrscheinlich, dass sie einem Schiff begegneten, das Briefe nach England befördern könne.

Langes Schweigen folgte und für Lettie ein angstvolles, einsames Jahr.

Einmal lasen wir über die Expedition in der Zeitung. Ein zurückkehrendes russisches Forschungsschiff war der *Pioneer* begegnet. Das Schiff steckte den Winter über im Eis fest, die Besatzung setzte die Suche nach Franklin jedoch zu Fuß in der Eiswüste fort.

Der Winter verstrich und der Frühling zog ins Land.

An einem ungewöhnlich lauen Abend saßen wir gemeinsam nach einem frühen Abendessen im Esszimmer – Lettie, Harry, Rachel und ich. Harry schaute ziellos aus dem Fenster. Rachel und ich schrieben Briefe. Lettie saß still auf dem Sofa. Es war ein ganz normaler Abend.

Plötzlich schien eine Kühle ins Zimmer zu wehen. Kein

Wind und keine Brise, denn die Vorhänge bewegten sich nicht. Eher ein Gefühl von Todeskälte, das nur wenige Sekunden dauerte. Ich blickte erschrocken auf, als die eisigen Finger über mich strichen. Lettie zitterte.

„Vielleicht ist dies eine Kostprobe von Georges Polarwetter“, scherzte ich.

Meine Frau starrte mich verdutzt an, Harry ebenso.

Ich warf einen kurzen Blick auf Georges Porträt ... Vor Schreck vergaß ich sogar, Luft zu holen. Die eisige Kälte wich einer fiebrigen, panischen Hitze. Ich sah dort nicht Georges Kopf, sondern einen weinenden Schädel. Ich starrte ihn ungläubig an, wartete darauf, dass er verschwand. Aber die leeren Augenhöhlen, die schimmernden Zähne, die fleischlosen Wangenknochen blieben. Es war das Angesicht des Todes.

Wortlos stand ich auf und ging geradewegs zum Bild hinüber. Während ich mich näherte, schien ein Nebel darüber hinwegzuziehen, und als ich unmittelbar vor ihm stand, war alles, was ich sehen konnte, Georges Gesicht. Der furchtbare geisterhafte Schädel war verblasst und verschwunden.

„Armer George“, flüsterte ich unbewusst.

Lettie schaute auf. Wenn mein Tonfall sie nicht beunruhigt hatte, dann mein Gesichtsausdruck. Ihre Augen weiteten sich vor Furcht.

„Was meinst du?“, fragte sie atemlos. „Hast du etwas gehört?“



„Nein, nein, natürlich nicht, Lettie, es ist nichts. Ich ...“

„Oh, Robert, bitte sage mir, was du gehört hast!“

„Gar nichts, ich schwöre es dir. Ich habe nur an ihn gedacht, das ist alles. An die Entbehrungen, die er erfahren muss. Wahrscheinlich, weil es plötzlich so kalt war."

„Kalt?!", rief mein Bruder vom Fenster her. „Kalt? Wie um Himmels willen kannst du an einem derart heißen Abend frieren?"

„Vorhin war es plötzlich kühl", antwortete ich leicht verärgert. „Es überrascht mich, dass du das nicht selbst gespürt hast. Es wehte kalt durchs Zimmer."

„Robert, fühlst du dich nicht gut?", fragte meine Frau. „Es ist heute Abend sehr warm, wirklich sehr warm. Vielleicht bekommst du eine Grippe. Hast du Fieber?"

„Du hast nichts gespürt?"

„Nein, Liebling."

Lettie starrte mich bleich aus großen Augen an.

„Ich schon", sagte sie leise und verließ das Zimmer. Rachel eilte ihr völlig verwirrt nach.

„Welches Datum haben wir heute, Harry?", fragte ich nach kurzem Überlegen.

„Den 23. Mai. Warum?"

Ich bat ihn, es in seinem Tagebuch zu notieren, weigerte mich jedoch, irgendetwas weiter dazu zu sagen.

„Lettie und du, ihr seid beide gleich verrückt", meinte Harry nur.

Lettie und ich sprachen nie über diesen Abend. Doch ich war aus tiefstem Herzen davon überzeugt, dass George etwas Schreckliches passiert war, und von diesem Tag an, obwohl ich wider alle Hoffnung hoffte, dass ich falsch lag, befürchtete ich schlechte Nachrichten.

Schließlich kam der Tag, von dem ich wusste, dass er kommen würde.

Ich saß noch beim Frühstück, als Harry ins Esszimmer hereinstürzte. Er wirkte sehr aufgeregt.

„Ist sie schon unten?“, fragte er.

„Wer?“

„Lettie.“

„Nein.“

„Robert, etwas Schreckliches ist geschehen!“, rief er und reichte mir eine herausgerissene Seite der *Daily News*.

## Pioneer stoppt Suche nach Franklin

Mit dem Tod eines Offiziers endet
verhängnisvolle Polarreise

Die Expedition, die das Schicksal Kapitän Franklins aufdecken sollte, ist gescheitert. Die Pioneer, ein britisches Schiff, das vor achtzehn Monaten auslief, muss gezwungenermaßen zurückkehren. Die Mannschaft leidet an Hunger, Erschöpfung und Versorgungsmangel. Es wird berichtet, dass ein Mitglied der Mannschaft gestorben ist. Es handelt sich dabei um George Mason, einen jungen Offizier.
Die Pioneer ist bereits die dritte Expedition, die der Spur Kapitän Franklins zu folgen versuchte …

Harry und ich sahen uns mit Tränen in den Augen an.
„Armer George."
„Arme Lettie."
„Sie darf das nicht sehen", sagte mein Bruder.
„Ach, wie sollen wir es ihr beibringen?" Ich weinte.
In diesem Augenblick packte Harry mich am Arm.
„Still!"
Ich blickte mich um. Lettie stand in der Tür, das Gesicht weiß wie die Wand und mit einem Ausdruck absoluter Verzweiflung in ihren Augen. Ich wusste nicht, wie viel sie gehört hatte, aber offensichtlich genug. Ich wollte zu ihr, doch sie winkte ab, drehte sich um und und ging wieder in ihr Zimmer hinauf.

Seither habe ich Lettie weder lachen hören noch lächeln sehen.

Monate verstrichen. Ich las in der Zeitung, dass die *Pioneer* wieder zurück in England sei, sagte es aber niemandem. Die Expedition interessierte keinen von uns mehr und allein die Erwähnung des Namens würde Lettie großen Schmerz zufügen.

Bald darauf klopfte es eines Nachmittags laut an der Haustür. Unser Diener öffnete und ich hörte eine mir bekannte Stimme, die ich jedoch nicht zuordnen konnte. Der Diener kam ins Zimmer und gab mir eine Visitenkarte mit dem Schriftzug: *Vincent Grieve, Marinearzt.*

„Bitten Sie ihn herein“, sagte ich. „Und wenn meine Frau und Fräulein Lettie zurückkehren, sagen Sie ihnen, ich sei in einer geschäftlichen Besprechung und möchte nicht gestört werden.“

Ich war erleichtert, dass Lettie außer Haus war, und ging in den Flur hinaus, Mr Grieve entgegen.

Er hatte sich verändert, furchtbar verändert. Bleicher als je zuvor, die Augen tief liegend und die Wangen hohl, stand er seltsam gebeugt vor mir.

Seine einst so verschlagen wirkenden Augen blickten nun ängstlich, wie die eines gejagten Tieres. In wenigen Sekunden schaute er dreimal über seine Schulter zurück, als fürchtete er, von irgendetwas verfolgt zu werden. Ehrlich gesagt, fand ich ihn absolut widerlich und es schüttelte mich, als wir uns die Hand gaben.

„Die Expedition war ein schreckliches Unglück“, sagte ich bemüht mitfühlend.

„Ich wünschte, ich wäre nie mitgefahren“, antwortete er mit einem heftigen, halb verrückten Flüstern.

„Folgen Sie mir bitte ins Esszimmer.“

Er packte meinen Arm.

„Hängt das Porträt noch dort?“

„Natürlich.“

„Decken Sie es zu!“, flehte er.

„Wie?“

„Decken Sie es zu!“

„Na schön“, antwortete ich nach kurzem Zögern.

Verwundert darüber, was um alles in der Welt mich dazu brachte, dieser merkwürdigen Bitte nachzukommen, ging ich als Erster ins Esszimmer und bedeckte das Bild mit einer Tischdecke.

Ich war sehr direkt. Ich sagte, ich sei froh, ihn wohlauf zu sehen, und wäre dankbar zu hören, wie George gestorben sei. Und ich gab ihm unmissverständlich zu verstehen, dass er Lettie nicht sehen und uns nie wieder besuchen sollte.

Er nahm alles schweigend hin, sank langsam aufs Sofa und seufzte tief. Schwach und ausgelaugt wirkte er, sodass ich ihm ein Glas Wein anbot, das er gierig hinunterstürzte. Er blieb stumm, bis ich ihn nach Georges Tod fragte.

Leise, stockend und nervös erzählte er die Geschichte. Dabei schaute er ständig zu einer Seite herüber, fast als ob er einen zufälligen Zuhörer fürchtete. Er beschrieb, wie die Mannschaft, dem Hungertod nahe, auf dem langen Weg über das Eis zurück zum Schiff einen Eisbären entdeckte. Über eine Meile entfernt auf dem Treibeis. Ein Eisbär konnte über Leben und Tod der Mannschaft der *Pioneer* entscheiden. George und er meldeten sich freiwillig für die Bärenjagd.

Die Bedingungen waren äußerst gefährlich und sie mussten die tückischen Eisberge genau im Blick behalten. Ihre schweren Fellmäntel ließen sie zurück, damit sie sich freier

bewegen konnten. Einer der Eisberge hatte einen Grat, der wie der First eines Hausdaches aussah. Er war zu einer Seite glatt und tückisch geneigt, hin zum Rand eines steilen Abgrunds. Sie kletterten zum Grat hinauf und krochen ihn entlang. Aber George, nur einen Augenblick unaufmerksam, verlor den Halt

„Ich schrie“, flüsterte Grieve heiser, „aber es war zu spät. Die Oberfläche war wie aus Glas. George wollte sich zurück auf den Grat werfen, rutschte jedoch auf die Knie und glitt weiter den Abhang hinunter. Ich streckte ihm meine Hände entgegen – er konnte sie nicht fassen. Er rutschte die eisige Schräge hinunter. Dieses lange, langsame Abrutschen … war schrecklich. Furchtbar. Ich beobachtete ihn. Er zog seine Handschuhe aus und versuchte, seine Fingernägel ins Eis zu krallen. Ohne Erfolg. Ich schrie wieder und konnte doch nichts tun. Er glitt unaufhaltsam dem Abgrund entgegen.“

Grieve machte eine Pause und wischte sich mit einem Taschentuch die Schweißperlen von der Stirn. Dann zögerte er und ich glaubte, erneut die alte Gerissenheit in seinen Augen aufblitzen zu sehen.

„George wusste, dass ihn nur wenige Momente vom Tod trennten“, flüsterte Grieve leise. „Er rief nach mir. Mit seinen letzten Worten bat er mich, Sie nach meiner Rückkehr aufzusuchen und Auf Wiedersehen zu sagen. Ihnen und – und ihr!“



Seine Stimme wurde brüchig. Er rang um Fassung.

„Ich musste es ihm versprechen. Ich versprach es und er verschwand für immer im Abgrund. Ich betete und …“

Grieves Kiefer klappte plötzlich erstaunt herunter und seine Augäpfel quollen ihm fast aus dem Kopf. Er zeigte auf das Porträt hinter mir und schrie wie ein gefangenes Tier, bevor er auf die Knie fiel.

„Decken Sie es zu!“, schrie er entsetzt.

Ich drehte mich zu dem Bild um. Irgendwie war die Tischdecke heruntergerutscht und Georges Gesicht starrte mit einem neuen, anklagenden Ausdruck aus dem Hintergrund hervor. Über seine Wangen flossen Tränen – Tränen aus Blut!

„Raus!“, schrie ich die zusammengekauerte Kreatur Vincent Grieve an. „Raus!“

„Ihre, Ihre Schwester ist nicht da?“, fragte er mit gequältem Flüstern.

„Nein. Gehen Sie jetzt. Gehen Sie und kommen Sie nie wieder!“

Ich zerrte ihn praktisch auf die Füße und zur Haustür.

„Moment“, rief ich, bevor ich ihn dann aus meinem Haus bugsierte, „sagen Sie mir noch eines: Wann genau starb George?“

„Warum?“

„Sagen Sie es mir.“

„Am 23. Mai.“

Er wankte den Gartenweg hinunter, als Harry gerade von der Kunstakademie nach Hause kam. Ich erklärte Harry nicht, was vorgefallen war. Wer würde schon glauben, was ich in Georges Porträt gesehen hatte?



Mit Schaudern erinnerte ich mich an den 23. Mai. Genau in dem Moment, als Lettie und ich diese eisige Kälte gespürt hatten, war tausende von Meilen entfernt in der einsamen Eiswüste der Arktis George in den Tod gestürzt.

Harry und ich beobachteten, wie sich der widerliche Kerl geduckt fortschlich.

„Mein Gott“, keuchte ich plötzlich.

„Was ist?“

„Fällt dir irgendetwas Seltsames an ihm auf?“, fragte ich meinen Bruder.

„Nein, nur seine abstoßend geduckte Haltung und – Robert! Er hat einen doppelten Schatten!“

Tatsächlich. Zwei Schatten folgten seiner Gestalt.

Deshalb blickte er sich ständig um. Etwas verfolgte ihn, et-

was, das niemand sehen konnte, das jedoch einen eigenen Schatten warf.

Zwei Tage später, als ich von einem Spaziergang nach Hause zurückkehrte, fand ich meine Familie in völliger Verwirrung vor.

Vincent Grieve war wieder zu Besuch gewesen. Unglücklicherweise hatte sich meine Frau zu der Zeit gerade im oberen Stockwerk aufgehalten und Harry in seinem Atelier. Ohne die Anmeldung durch den Diener abzuwarten, war Grieve schnurstracks ins Esszimmer marschiert, wo Lettie las. Offenbar hatte er sich ängstlich die Wand mit dem Porträt entlanggedrückt, dann setzte er sich direkt unter das Bild, um es nicht ansehen zu müssen.

Grieve ging es nicht gut. Er war absolut erschöpft und dennoch gestand er Lettie beharrlich seine Liebe. Sie wies ihn wütend zurück. Er jedoch erzählte ihr, es sei Georges letzter Wille gewesen, dass er, Vincent Grieve, sie in ihrem Kummer trösten, sie nicht allein lassen und sie dann schließlich heiraten sollte.

Lettie starrte voller Entsetzen in sein hageres Gesicht und seine verrückten, verzweifelten Augen. In diesem Moment ertönte ein Knacken von oben. Vincent sah hinauf, sah, wie Georges Porträt von der Wand fiel. Es traf ihn schwer am Kopf und stieß ihn zu Boden.

Einige Sekunden später trat Rachel ins Zimmer und fand Grieve bewusstlos am Boden, während Lettie den Kerl immer noch voller Grausen anstarrte. Rachel hatte nach einem Arzt geschickt und nun wurde Grieve in einem Gästezimmer auf der dritten Etage gepflegt.

Ich war fuchsteufelswild. Ich rannte die Treppe hoch und wollte ihn aus meinem Haus werfen, doch der Mann lag im Delirium. Der Arzt erklärte, Grieve sei in einem kritischen Zustand und ein Transport könne tödlich sein. Mit anderen Worten, ich musste diesem erbärmlichen Exemplar von Mensch ein Bett gewähren, vielleicht für Tage oder gar Wochen.

Ein widerwärtiger Gedanke und ich stellte sofort eine Krankenschwester ein, damit meine Familie ihm völlig aus dem Weg gehen konnte.

Grieve verließ unser Haus letztlich eher, als ich es erhofft hatte. Mitten in der Nacht drang ein Schrei durch die Dunkelheit und in meinen Schlaf. Ich hastete zu Grieves Zimmer. Von dort war das Geräusch gekommen. Vor der Tür standen Lettie und die Krankenschwester und drückten sich in panischer Angst dicht aneinander.

Ich öffnete die Zimmertür und sah hinein. Grieve hockte absolut wahnsinnig im Bett. Dann schloss und verriegelte ich die Tür und versuchte, Lettie und die Schwester zu beruhigen. Meine Frau und Harry eilten herbei. Gemeinsam brachten wir die beiden verzweifelten Frauen nach unten und machten ihnen Tee. Schließlich hatte sich Lettie so weit gefasst, um uns berichten zu können, was geschehen war.

Die Krankenschwester war verschreckt zu ihr ins Zimmer gekommen, hatte sich aus Angst geweigert, weiter auf ihren Patienten aufzupassen, weil er zwei Schatten habe. Und Lettie ging mit ihr zum Krankenzimmer, um sich selbst davon zu überzeugen. Als sie sein Zimmer betrat, konnte sie sehen, dass die Schwester Recht hatte. Das flackernde Kerzenlicht warf zwei Schatten von Vincent Grieve an die Wand. Sie schaute in einer Mischung aus Verwunderung und Entsetzen auf ihn herab, da öffnete er seine Augen. In seinem Blick lag solch eine Last von Leiden und Schuld, dass sie ihn einfach erwidern musste.

„Die Erinnerung an dein Gesicht brachte mich dazu, es zu tun!“, fauchte er. „Wir waren oben auf dem Grat. Ich schubste ihn. Und er fiel auf die falsche Seite. Dann wurde mir klar, was ich getan hatte, und ich streckte ihm meine Hände entgegen, um ihm zu helfen! Um ihn zu retten! Er glitt weg, aber ich packte ihn gerade noch an seinen Fingerspitzen. So verharrten wir und rangen nach Atem. Dann sahen wir uns in die Augen und ich …“

„Was?“, flüsterte Lettie.

„Da, vor meinen Augen, war das Gesicht des Mannes, den du liebtest“, stöhnte Grieve, „und ich hasste ihn! Wenn es ihn nicht gäbe, dann würdest du mich lieben!“

„Nein!“

„Ich ließ die eine Hand los. Sein Körper rutschte über das Eis. Ich wartete einen Moment. Wenn er gerufen oder geschrien oder gebettelt hätte … Aber er war so ruhig. Ich ließ seine andere Hand los. Er glitt von mir fort. Er glitt weg, langsam, langsam und die ganze Zeit starrte er mich an und starrte mich an, die ganze Zeit, bis …“

„Bis?“



„Bis er über den Rand des Abgrunds rutschte!“

Grieve deutete plötzlich auf etwas, das Lettie nicht sehen

konnte, auf dieses Etwas, das den zweiten Schatten an die Wand warf.

„Doch das machte ihm nichts. Er starrt mich immer noch an! Er hört niemals auf! Er verlässt mich nie! Er wird mich anstarren, bis ich sterbe!"

In dem Moment war Lettie schreiend aus dem Zimmer gelaufen.

Ich war nicht länger bereit, diesen Mörder in meinem Haus zu dulden. Unter keinen Umständen. Ich rannte die Stufen hinauf.

Ich bin mir nicht sicher, was ich vorhatte. Wollte ich ihn zur Polizei bringen oder ihn einfach zur Haustür hinauswerfen? Ich wusste es nicht und es interessierte mich auch nicht.

Als ich mit dem Schüssel herumtastete, um sein Zimmer aufzuschließen, hörte ich ihn drinnen schreien.

„Nein, nicht, ich flehe Sie an! Lassen sie nicht los! Nein! Neeiiiiiinnn!"

Ich stürzte ins Zimmer, sah das leere Bett, dann das weit geöffnete Fenster. Ich eilte darauf zu.

Langsam und unaufhaltsam glitt er die nasse schwarze Dachschräge hinunter. Seine Finger tasteten wild über die Ziegel, seine Fingernägel suchten furchtbar kratzend Halt. Er sah hinauf, anscheinend zu mir. Nein, ich konnte mir nicht helfen, er schaute geradewegs durch mich hindurch auf jemand anderen.

„Hören Sie auf, mich anzustarren!", schrie er. 

Dann rutschte er über den Rand des Dachs und stürzte seinem Tod entgegen.

# Ein Versprechen

Die Hälfte der jungen Männer im Dorf waren in May Forster verliebt. Sie war bei weitem das netteste Mädchen – intelligent, hübsch und lustig, mal ganz abgesehen von ihrem Reichtum. Sie war ebenso freundlich zu den Arbeitern draußen auf den Feldern wie zu den Söhnen eines Lords auf einem Ball. Und ich selbst hätte ihr einen Heiratsantrag gemacht, wenn ich die Chance gesehen hätte, sie könnte Ja sagen. Aber ich war davon überzeugt, dass sie bei irgendeinem atemberaubend gut aussehenden, unverschämt reichen Adeligen landen würde. Ich habe noch nicht einmal versucht, sie zu umwerben, obwohl eine Menge meiner Freunde das taten, vor allem John Charrington.

Allein der Gedanke, John Charrington könnte May Forster heiraten, ließ mich auflachen. Er war zwar ein durchaus angenehmer Mann, aber nicht sonderlich ansehnlich und manchmal ein bisschen langsam. Er war auch nicht gerade ein Ausbund an Fröhlichkeit. Und dennoch muss ich Folgendes über ihn sagen: Immer, wenn er sich etwas in den Kopf setzte, war es im Allgemeinen mit Erfolg gekrönt. Er ähnelte einem kleinen Terrier, der nie aufgab und weiter grimmig an etwas festhielt, ganz gleich, was ihm jemand erzählte.



Das erste Mal bat er sie, ihn zu heiraten, als er einundzwanzig war. Sie lehnte ab. Zwei Jahre später fragte er sie erneut. Sie lehnte wieder ab. Als er sie zum dritten Mal fragte, gerade nachdem er einen kleinen Bauernhof gekauft hatte, sagte sie nicht nur Nein, sondern bat ihn, sie nie wieder zu fragen. Ja, sie ging sogar weiter. Sie sagte, sie wolle zwar nicht seine Gefühle verletzen, aber sie würde lieber auf einer einsamen Insel leben, als überhaupt ein Eheleben mit ihm in Erwägung zu ziehen.

Armer, alter John. Wir fühlten alle ein bisschen mit ihm, obwohl es seine eigene Schuld war. Wenn dich jemand nicht liebt, liebt er dich nicht. Da macht es keinen Sinn, sich zum allgemeinen Gespött zu machen.

Einige Monate darauf kam er in das örtliche Gasthaus, wo einige von uns sich am Samstagabend zu treffen pflegten, und sah mehr als zufrieden aus.

„Hast du am Samstag, den 4. September, irgendetwas vor?“, fragte er mich.

„Keine Ahnung“, antwortete ich. „Bis dahin sind es noch Monate.“

„Nun, ich möchte dich etwas fragen.“

„Was denn?“

Er lächelte mich so freudestrahlend an, dass sein sonst so ernstes Gesicht fast ein bisschen fremd wirkte.

„Nun?“, fragte ich.

„Willst du mein Trauzeuge sein?“

Nachdem ich den ersten Schock überwunden hatte, schüttelte ich ihm fest die Hand und verkündete laut die gute Nachricht.



„John wird heiraten!“

Alle scharten sich um ihn, klopften ihm auf den Rücken

und jemand ging zur Theke und bestellte Champagner. Ich war wirklich froh, denn ich fand schon eine Zeit lang, dass er sich zum Narren machte, weil er ständig hinter May Forster her war.

„Es gibt unzählige andere Fische im Meer“, sagte ich gewöhnlich zu ihm, worauf er stets ziemlich schwülstig antwortete: „Nein, Peter, es gibt nur einen Fisch im Meer.“ Jetzt schien es, als ob er die anderen Fische entdeckt und sich meiner Denkweise angepasst hätte.

Der Champagner kam. Ich öffnete ihn selbst, nachdem ich die Flasche gut geschüttelt hatte, und eine Minute lang hielt jeder sein Glas hin und lachte.

„Wer ist die Glückliche, John?“, rief jemand.

„May Forster“, sagte er.

Eine kurze Zeit herrschte Schweigen, bevor wir alle in Lachen ausbrachen. Es war nicht Johns Art, Witze zu machen, aber wenn er einen machte, war der immer gut.

„Aber es ist wahr!“, sagte er.

„Das meinst du nicht ernst?“, fragte ich.

„Natürlich meine ich das ernst“, antwortete er mir und runzelte die Stirn, als ob meine Zweifel ihn völlig erstaunten. „Habe ich nicht immer gesagt, dass ich May Forster heiraten werde?“

„Ja, aber …“

„Du weißt jetzt den Tag: Samstag, den 4. September.“

Wir klopften ihm noch einmal alle auf den Rücken, als ob die Tatsache, dass er May Forster und keine andere heiraten würde, neue und noch herzlichere Glückwünsche erforderte.

„Was gefällt ihr an dir, John?“, witzelte James Giles. Vielleicht schwang da aber auch eine gewisse Schärfe in der Frage mit, denn er war selbst einmal von May zurückgewiesen worden.
„Weißt du das nicht?“
„Nein“, sagte James zur allgemeinen Erheiterung.
Offen gestanden konnte ich James’ Standpunkt verstehen. Er war alles, was John nicht war: clever, witzig und gut aussehend. Es war lächerlich anzunehmen, dass May lieber John heiraten würde, der nicht gerade ansprechend aussah, gewöhnlich und, nun ja, langweilig war.
„Gut, ich will es dir sagen“, sagte John ruhig und in einer Weise, dass wir uns alle vorbeugten und genau hinhörten, als ob wir etwas lernen könnten: „Ich gebe nie, *niemals* auf.“

In der nächsten Woche dachte ich viel über John und May nach. Ich konnte mir nicht helfen, aber ich fand, sie beging einen großen Fehler. Einen Mann lediglich deshalb zu heiraten, weil er einen andernfalls weiter nerven würde, das war doch kein ausreichender Grund. Wo blieb die Liebe? Wo die Leidenschaft? Wie würden sie den Rest ihres Leben zusammen leben?
Als ich May das nächste Mal traf, hörte ich allerdings auf, mir solche Fragen zu stellen.
Sie wurde rot wie ein Schulmädchen, als ich ihr gratulierte, und Tränen des Glücks – ja, Tränen – glitzerten in ihren Augen. Als könne sie ihr Glück, die Heirat mit diesem

wunderbaren Mann, kaum fassen. Ich hatte keinen Zweifel mehr daran, dass sie ihn über alles liebte.
Etwas anderes geschah in dieser Zeit und zeigte mir John in einem völlig neuen Licht. Eines Sommerabends spazierte ich nach einer sehr vergnüglichen Zeit mit meinen Freunden im Gasthaus nach Hause und beschloss, eine Abkürzung über den Friedhof zu nehmen. Ich kletterte über die Mauer und schlängelte mich dann zwischen den Gräbern zur anderen Seite hindurch.
Ich sah May auf einem flachen Grabstein sitzen, der Glanz der Abenddämmerung beleuchtete ihr Gesicht und schimmerte auf ihrem vollen kastanienbraunen Haar. Sie war so atemberaubend schön, dass ich stehen blieb und sie anstarrte. John lag zu ihren Füßen im Gras. Ihr Ausdruck war so zart und liebevoll, dass es mich fast schmerzte. Ach, warum liebte sie nicht *mich*?
„Liebling!“, hörte ich John sagen. „Nichts kann mich von dir trennen! Ich würde sogar von den Toten auferstehen und zu dir kommen, wenn ich müsste!“
Ich hatte nicht geahnt, wie leidenschaftlich er war, und ich stahl mich leise und sehr bewegt fort. Meine Meinung über ihre Beziehung änderte sich grundlegend. Sie waren bis über beide Ohren ineinander verliebt.

Der Juli und August verstrichen und die Hochzeit rückte näher. Zwei Tage vor dem tatsächlichen Termin musste ich auf Geschäftsreise nach Oxford. Der Zug hatte Verspätung. Ich stand auf dem Bahnsteig, sah auf meine Taschenuhr und murrte vor mich hin. Da entdeckte ich John und May. Sie gingen am anderen Ende des Bahnsteigs Arm in Arm auf und ab, ohne den Betrieb um sich herum wahrzunehmen. Ich wollte sie nicht stören und steckte meine Nase in eine Zeitung, bis der Zug einfuhr. John stieg ein, aber May blieb zurück.

„Hallo!“, rief John, als er mich sah. Ich war so lange durch den Zug gegangen, bis ich ihn gefunden hatte.

„Wo fährst du denn hin?“, fragte ich.

„Ich besuche Mr Banbridge, meinen Patenonkel“, antwortete er, bevor er sich aus dem Fenster lehnte, um mit May zu reden.

Ihre Augen waren rot geweint und noch einmal berührte mich, nicht ohne einen Anflug von Neid, die Innigkeit ihrer Liebe.

„Ich wünschte, du würdest nicht fahren, John“, hörte ich sie sagen, „nicht vor einer Hochzeit wie dieser. Was, wenn etwas passiert?“

„Glaubst du, ich ließe mich durch irgendetwas von unserer Hochzeit abhalten?“, fragte er. „Auf keinen Fall! Du brauchst dich nicht zu sorgen, May.“

„Fahre nicht“, flüsterte sie, gerade als der Zug anfuhr, und das so flehentlich, dass ich, hätte sie dies zu mir gesagt, meinen Koffer aus dem Fenster geworfen hätte und hinterhergesprungen wäre.

Doch John hatte beschlossen zu fahren, und wenn er einmal etwas beschlossen hatte, blieb er auch dabei.

„Ich komme morgen zurück“, rief er, „oder spätestens am Samstag, rechtzeitig zur Hochzeit! Versprochen!“

Der Zug wurde schneller und bald war May nur noch ein kleiner winkender Punkt in einer Wolke aus Dampf.
„Ich fürchte, Mr Banbridge ist wirklich krank“, sagte John bedrückt und lehnte sich zurück. „Er hat nach mir verlangt. Ich muss einfach fahren. All die Jahre ist er sehr gut zu mir gewesen und wie ich May schon sagte, ich werde rechtzeitig zurück sein.“
„Aber was ist, wenn … Was, wenn Mr Banbridge stirbt, John?“

„Tot oder lebendig, ich werde am Samstag heiraten!"
Er schlug ziemlich brummig die Zeitung auf und begann, das Kreuzworträtsel zu lösen. Zwei Stunden später, als der Zug in den Bahnhof von Oxford einfuhr, hatte er nur wenig gelöst, arbeitete aber immer noch verbissen daran.
„Und wenn es Wochen dauert, ich werde dieses Kreuzworträtsel lösen!", behauptete er trotzig. So war er, lächerlich und beeindruckend zugleich.

Als ich am nächsten Tag spät aus Oxford zurückkam, ging ich als Erstes zu John. Ich wollte sichergehen, dass er zurück war. So etwas möchte man gerne wissen, wenn man am darauf folgenden Nachmittag Trauzeuge sein soll.
Er war nicht da, doch zu Hause fand ich einen Brief für mich vor.

Peter,

besorge bitte eine Kutsche und hole mich morgen Nachmittag um drei Uhr vom Bahnhof ab.

Wir werden von dort direkt zur Hochzeit fahren.
Bitte sage May Bescheid.

Gruß, John

Drei Uhr! Er wollte erst eine halbe Stunde vor der Trauung eintreffen! Einerseits war es gut, über seine Pläne Bescheid zu wissen, aber andererseits ärgerte mich dieser Brief sehr. Eine halbe Stunde ließ überhaupt keinen Spielraum für Eventualitäten und es schien mir wie eine Beleidigung für May, ein solches Risiko einzugehen.

Falls May verletzt oder verärgert war, so zeigte sie es nicht. Ich erklärte ihr, John und ich würden direkt vom Bahnhof zur Kirche kommen.

„Er ist so gut", sagte sie. „Er hätte es nicht übers Herz gebracht, Mr Banbridge im Stich zu lassen. Nur … er *wird* doch pünktlich sein, Peter, nicht wahr?"

Ich versicherte May, dass es keinen Zweifel daran gab, obwohl ich mir selbst nicht sicher war. Und nachdem ich sie mit Geplapper und ein paar Witzchen über das Eheleben aufzuheitern versucht hatte, wünschte ich ihr eine Gute Nacht und ging nach Hause.

Der 4. September war der längste Tag meines Lebens. Ich wachte früh und mit Schmetterlingen im Bauch auf. Den ganzen Morgen lief ich ruhelos auf und ab. Ich nahm ein Buch zur Hand und merkte dann, dass ich fünf Minuten auf dieselbe Seite gestarrt hatte, ohne ein Wort aufzunehmen; oder ich spazierte durch den Garten, um nach dem Gemüse zu sehen, und vergaß dabei völlig, warum ich nach draußen gegangen war.

Der alte Tom Stringham, ein Mann, der gelegentlich ein bisschen für mich arbeitete, war im Garten. Ich fürchte, ich war ein wenig schroff zu ihm und schimpfte mit ihm, wegen einer Sache, für die ihn keine Schuld traf.

„Ist gut, Sir“, antwortete er so widerspruchslos, dass ich mich schuldig fühlte.

„Entschuldigung, Tom, ich wollte Sie nicht anblaffen. Ich bin nur etwas nervös wegen dieser Hochzeit.“

„Sie werden es bestimmt gut machen, Sir. Sind Sie mit Ihrer Rede zufrieden?“

„Ja, ja, die bereitet mir keine Sorgen. John macht mir Sorgen. Was ist, wenn er es nicht schafft, nicht pünktlich ist?“

„Machen Sie sich um Mr Charrington keine Gedanken, Sir. Nach dem Mann kann man seine Uhr stellen.“

„Das ist wahr.“

„Glauben Sie mir, Sir, John Charrington wird nicht zu spät kommen.“

„Ja, Sie haben Recht. Danke, Tom.“

„Gern geschehen, Sir, und viel Glück. Mag sein, dass ich später auch zur Kirche komme.“

„Vielleicht sehe ich Sie dort.“

Um Punkt halb drei stand ich am Bahnhof und zog mit meinem Zylinder und Frack mehrere bewundernde Blicke auf mich. Der Himmel, der den ganzen Morgen über strahlend blau gewesen war, sah zunehmend bedrohlich aus, aber ich war zu sehr mit Johns bevorstehender Ankunft beschäftigt, um an Regen zu denken.

Meine Augen hingen an den Zeigern der alten Bahnhofsuhr. In meinem ganzen Leben habe ich niemals eine Uhr ge-

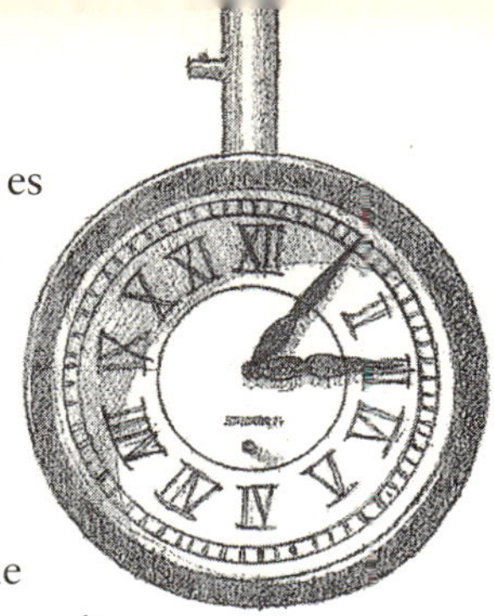

sehen, die die Zeit langsamer maß. Bis es endlich drei schlug, war ich bis zum Zerreißen gespannt.

Der Zug hatte Verspätung. Ich stand an der Bahnsteigkante, schaute die Gleise entlang und hielt ungeduldig Ausschau nach ihm. Es dauerte eine halbe Ewigkeit, bis ich in der Entfernung die Dampfwolke sah. Als ich mich reckte und die Lokomotive allmählich in Sicht kam, allerdings äußerst langsam, verfluchte ich insgeheim den Lokführer. Der schien in den Bahnhof zu schleichen, als ob er kaum dazu bewegt werden könnte, die letzten wenigen Meter hinter sich zu bringen!

Aber schließlich fuhr der Zug ein und ich konnte endlich aufhören, mir wegen John Sorgen zu machen, konnte mich um gewöhnliche Dinge kümmern, zum Beispiel darum, ob ich den Ring hatte und ob meine Rede beim Empfang gut ankommen würde.

Die Türen schwangen auf und alle Passagiere stiegen aus, stapelten ihre Gepäckstücke auf einem Haufen und riefen nach Trägern. Die Türen knallten zu.

Ich konnte John nicht entdecken, doch der Bahnsteig war überfüllt und ich dachte, dass er jeden Moment neben mir auftauchen würde.

Die Menge löste sich auf, doch kein John war zu sehen. Ich wollte ihn herbeiwünschen, er sollte aus einer Traube von Menschen auftauchen und mir meine Ängste nehmen! Aber immer weniger Leute blieben auf dem Bahnsteig zurück. Der Zug dampfte aus dem Bahnhof. Er hatte den Zug verpasst.

Ich war wütend. Dieser Narr! Es war zehn nach drei und über eine halbe Stunde lang kam kein anderer Zug an. Selbst wenn wir wie der Teufel fuhren, kämen wir mindestens fünfundvierzig Minuten zu spät. Ich war sehr verärgert, in erster Linie wegen May, nicht wegen mir. Er hatte kein Recht, sie so schlecht zu behandeln.

Die Lage schien bereits schlimm, doch verschlimmerte sie sich noch, als der nächste Zug einfuhr. Kein John.

Ich eilte aus dem Bahnhof und sprang in die Kutsche.

„Fahren Sie zur Kirche!"

Der Ärger wich Besorgnis. Was um Himmels willen war passiert? War er krank geworden? Warum schickte er kein Telegramm? Ein Unfall? Ich verzog das Gesicht beim Gedanken, die Nachricht May und ihrer Familie überbringen zu müssen, die an der Kirche mit allen Freunden warteten.

Es war fünf nach vier, am Himmel hingen schwere, dunkle Wolken, als die Kutsche durch das Kirchhofstor fuhr.

Ich war überrascht, eine Menge neugieriger Zuschauer vor dem Portal zu sehen. Es war, als ob sie bereits darauf warteten, dass das glückliche Paar aus der Kirche treten würde, was natürlich unmöglich war.

Ich lief in einer verrückten Angst zu ihnen hin, hörte Kommentare wie ‚Das ist der Trauzeuge' und ‚Besser spät als gar nicht!', während ich näher kam. Zu meiner Linken sah ich meinen Gärtner Tom, und vielleicht weil ich mich nicht gerade darauf freute, May zu sehen und ihr zu sagen, dass es keine Hochzeit geben würde, blieb ich stehen, um mich mit ihm zu unterhalten.

„Ein trauriges Durcheinander, nicht wahr, Tom?", flüsterte ich.

„Ja, wirklich, Sir. Schade, dass Sie so spät kommen, Sir. Sicher war es nicht Ihre Schuld."

„*Ich*? John ist zu spät, nicht ich! Er war nicht am Bahnhof."

„Aber er ist hier, Sir."

„*Hier?*"

„Ja, Sir, er traf um Punkt halb vier ein. Sie können die Uhr nach John Charrington stellen."

Ich war tief bestürzt. Was auch immer geschehen war, irgendwie musste es wohl meine Schuld gewesen sein. Ich hatte die Trauung verdorben.

„Wahrscheinlich ist jetzt bereits alles vorbei", fuhr Tom fort. „Sie baten James Giles darum, Ihre Rolle zu übernehmen."

Während ich noch immer erschüttert war, zupfte mich Tom am Ellenbogen und flüsterte mir diskret ins Ohr.

„Unter uns gesagt, irgendetwas stimmt da nicht. Nicht nur Sie, Sir, sind zu spät dran, wenn ich das so sagen darf, sondern Mr Charrington sah auch äußerst seltsam aus."

„Was meinen Sie damit, Tom?"

„Ich glaube, er hat getrunken.“

„*Getrunken?*“

„Ja, Sir. Ich glaube, dass er viel getrunken hat. Er kam hier ganz verdreckt und staubig an, als ob er gestürzt wäre, Sir. Sein Gesicht war kalkweiß und auf der Stirn prangte eine schlimme Wunde. Er wankte auf sehr sonderbare Weise den Wedg entlang, Sir, und ging mit starrem Blick direkt in die Kirche, weiß wie ein Gespenst ohne uns nur eines Blickes oder eines Wortes zu würdigen. Dabei ist er in der Regel doch so ein bodenständiger, gesprächiger und freundlicher Mensch, Sir.“

Noch nie hatte ich Tom so lange reden gehört. Ich wollte gerade in die Kirche schlüpfen und schauen, wie ich die Situation retten konnte, da kam Bewegung in die Menge und alle reckten sich. Ich begriff, dass das frisch getraute Paar im Begriff war, die Kirche zu verlassen.

Die am Wegesrand wartenden Dorfbewohner hielten Reis in den Händen, um ihn über John und May zu werfen, und oben vom Glockenturm erklang das muntere Läuten der Hochzeitsglocken.

Sie kamen heraus. Wie Tom ihn beschrieben hatte, wenn nicht sogar übler, ging John langsam vorüber. Ich versuchte, ihn auf mich aufmerksam zu machen, doch er schaute weder nach links noch nach rechts. Er sah so grauenvoll aus, dass die Menge zögerte, den Reis zu werfen. Eine sehr gedrückte Stimmung schien jeden zu ergreifen und fast ein Gefühl der Verzweiflung über dem Kirchhof zu verbreiten. 

Genau in diesem Augenblick verlor sich das fröhliche

Hochzeitsläuten und wich innerhalb von wenigen Sekunden einem Geräusch, der mir das Herz stocken ließ: dem einzelnen, traurigen Klang der Totenglocke …

Ich sah May, sie klammerte sich an Johns Arm fest und starrte mit leerem Blick auf den Boden. Sie zitterte, als ob sie schrecklich frieren würde, und ihr Gesicht war fast ebenso aschfahl wie seines. Ihr Hochzeitskleid aus weißer Seide verstärkte diesen Eindruck noch. Einzig und allein ihr dunkelbraunes Haar wirkte nicht totenblass. Sie schien unter Schock zu stehen.



Plötzlich rannten die Glöckner aus der Kirchentür, ihre Gesichter von Panik gezeichnet, und stießen die Verwandten der Braut und des Bräutigams aus dem Weg.

„Ihr solltet euch schämen!“, schrie ihnen jemand aus der Menge zu.

„Wir machen nichts!“, antwortete einer der Glöckner. „Wir wissen nicht, was passiert ist! Wir haben nur, wir … die Glocken schlagen von allein! Da oben ist niemand!“

John und May bekamen von der Verwirrung und Angst, die diese Behauptung auslöste, anscheinend nichts mit. Sie gingen ungerührt zur wartenden Kutsche, die sie zum Empfang bringen sollte, und stiegen ein. Die Tür klappte hinter ihnen zu.

„Möge Gott Erbarmen mit ihnen haben“, hörte ich das heisere Geflüster des alten Tom.

Die eine Hälfte der Menge plapperte und redete, während die andere Hälfte ängstlich schweigend wegging und sich einige bekreuzigten.

Plötzlich stand Mr Forster, Mays Vater, neben mir.

„Wenn ich ihn vor der Trauung in diesem Zustand gesehen hätte, dann hätte ich das Ganze abgeblasen“, murmelte er. „Und Sie, Peter, wie konnten Sie es zulassen, dass er so hier antanzt? Und warum kamen Sie so spät?“

„Tut mir leid, ich …“

„Schon gut. Es ist nichts mehr daran zu ändern.“

Er wandte sich ab und ging seine Frau zu trösten, die leise an der Kirchtür weinte.

Ich fühlte mich äußerst unwohl: Scham und Verlegenheit quälten mich, weil ich meiner Verpflichtung als Trauzeuge nicht nachgekommen war, und ich hatte ausgesprochene Angst um John und May. Was um Himmels willen geschah da?

Das Beste, was ich zu diesem Zeitpunkt tun konnte, war, die Leute zu den Kutschen zu begleiten, die sie zum Empfang bringen sollten. Einige Minuten später waren alle Kutschen besetzt und alles zur Abfahrt bereit.
Die Kutsche der Braut und des Bräutigams fuhr als Erstes, die anderen folgten. Jedoch war das Tempo so langsam, dass das Ganze eher einem Leichen- statt einem Hochzeitszug glich.
Ich saß mit Mays Familie in der zweiten Kutsche und rief dem Kutscher der ersten zu, er solle schneller fahren.
„Ich tue mein Bestes, Sir“, rief er zurück und klang ratlos. „Aber die Pferde – sie lassen sich einfach nicht antreiben!“
Wir beschlossen, die Kutsche zu überholen, und ich gab den Kutschen hinter uns ein Handzeichen, sie sollten uns folgen. Wenn die Gäste die Brautleute schon auf dem Empfang erwarteten, so glaubten wir, würde das die Atmosphäre verbessern und die restliche Hochzeitsfeier könnte schöner als die Trauung verlaufen.
Als wir die vordere Kutsche überholten, musste ich einfach hineinsehen. Doch es gab nichts zu sehen. Der Vorhang war zugezogen. Das Tempo der Pferde war schrecklich langsam. Der Kutscher schlug immer ärgerlicher mit den Zügeln, doch die Pferde reagierten überhaupt nicht, als ob sie von einer fremden Macht geführt wurden. Das steigerte unser Unbehagen und unsere Verwirrung nur noch mehr.
Bei Mays Haus versammelten sich fast alle Gäste auf den Stufen vor der Haustür, einige von uns standen in der Kiesauffahrt zusammen und gaben sich geschwätzig und fröhlich. Aber über uns zogen leise donnernd Sturmwolken

vorüber und nichts konnte die tief düstere Stimmung vertreiben, die ich im Innern fühlte. Und dieses Gefühl verstärkte sich noch, als die Kutsche der Brautleute schließlich knirschend die Auffahrt hinauffuhr und vor uns hielt.
Mr Forster und ich gingen auf sie zu. Der Vorhang war nun zurückgezogen und zeigte … zeigte nichts.
„Kutscher, sie ist leer!", rief Mr Forster.
„Aber ich bin geradewegs hierher gefahren, Sir", antwortete der Kutscher, „und ich schwöre, niemand ist zwischendurch ausgestiegen."
Mr Forster öffnete den Schlag. Für einige Augenblicke starrten wir ins Innere. Die Kutsche war nicht leer.
May kauerte auf dem Boden, die Hände vors Gesicht geschlagen, und blickte mit wilden, blinden Augen zwischen ihren Fingern hervor. John war nirgends zu sehen.
„May!", schrie ihr Vater mit erstickter Stimme und hob sie aus der Kutsche.
Ich sah sie an, sie lag halb tot in seinen Armen. Sie war weiß, schneeweiß, ihr Gesicht angstverzerrt, wie das Gesicht von jemandem, der in die Augen des Unbekannten geblickt hat. Nie zuvor war ich Zeuge einer solchen Verstörtheit gewesen. Und ich hoffe, es nie wieder zu sein. Ihr Haar, ihr glänzendes, dunkelbraunes, schönes Haar war weiß wie Schnee.
Ein ungeheurer Donnerschlag durchbrach die Stille und kündete den Beginn des vollkommenen Chaos an. Mays Mutter fiel in Ohnmacht, brach zusammen und plötzlich, als der Regen aus den Wolken stürzte und uns in Sekunden durchnässte, schrie oder kreischte jeder oder rannte wie

verrückt herum. Einige gingen, um einen Arzt zu rufen, die meisten jedoch schrien aus reinem hysterischen Entsetzen. Inmitten dieser Szenerie standen Mr Forster und ich schweigend und starr, in seinen Armen hielt er seine leblose Tochter und Tränenströme flossen ihm die Wangen hinab.

Jemand zerrte mich am Ellenbogen. Als ich hinunterblickte, sah ich einen kleinen Jungen, der mir ängstlich und verwirrt ein Stück Papier entgegenhielt.

„Sind Sie Mr Templer, Sir?"

„Wie? Ja."

„Ein Telegramm, Sir."

„Wie?"

„Ein Telegramm."

Ich nahm es mechanisch entgegen, meine Sinne waren von der unerklärlichen Tragödie so strapaziert, dass ich kaum wusste, was ich tat. Der Junge starrte mich an, wartete.

„Wollen Sie es nicht lesen, Sir?"

„Wie? Oh, ja, ja, natürlich."

Ich öffnete es. Ich überflog die Worte, ohne ihre Bedeutung zu erfassen, die Buchstaben tanzten mir vor den Augen. Ich schüttelte den Kopf, kniff die Augen zusammen und begann mit großer Mühe zu lesen.

**John wurde um ein Uhr auf dem Weg zum Bahnhof von Oxford vom Pferd geworfen --- Starb sofort --- Sende dies in der Hoffnung, dass es Sie vor der Hochzeit erreicht --- Mein tiefes Mitgefühl für May und Familie ---**



**Mrs Banbridge ---**

Er starb um ein Uhr in Oxford – und er heiratete May Forster um halb vier, in Anwesenheit des halben Dorfs!
Was geschah in der Kutsche auf dem Weg zu Mays Haus?
Niemand weiß es.
Niemand wird es jemals wissen.
Sie überführten John Charringtons Leiche von Oxford hierher und begruben ihn auf dem kleinen Friedhof. May erlangte nie wieder das Bewusstsein. Sie starb und wurde neben ihm beerdigt.
Die Gräber lagen in der Nähe der Stelle, wo ich May und John nur einige Monate zuvor gesehen hatte, als May schöner ausgesehen hatte, als man es sich vorzustellen vermag,

und John ihr ein, wie sich herausstellte, fatales Versprechen gegeben hatte, dass er, wenn nötig, von den Toten auferstehen würde, um sie zu heiraten.

# Der Express

1857 kehrte ich von einer sechsmonatigen Reise durch Polen und das Baltikum nach England zurück, um mit meinen guten Freunden Isobel und Jonathan Jelf Weihnachten zu verbringen. Sie leben in Dumbleton, in der Nähe von Clayborough. Ich feierte Weihnachten immer zusammen mit meinen Freunden und ich erinnere mich an viele glückliche Zeiten. Aber wie es sich herausstellte, sollten meine Erinnerungen an das Weihnachtsfest 1857 nicht besonders angenehm sein.

Clayborough liegt übrigens an der East Anglian Linie, die von London nach Crampton verläuft. Ich war viel zu früh am Londoner Bahnhof und hatte noch reichlich Zeit. Doch der Zug stand bereits am Bahnsteig. Es war der 4. Dezember, ein kalter und nebliger Tag.

Ich wollte ein Abteil für mich allein und redete vertraulich mit dem Schaffner, einem großen, rotbäckigen Kerl mit buschigem Schnurrbart. Er führte mich den Bahnsteig hinunter zu einem leeren Wagonabteil. Dann reichte er mir einen Schlüssel und forderte mich auf, die Tür abzuschließen, damit niemand anderes hineinkommen konnte. In Clayborough, wo ich ausstieg, sollte ich den Schlüssel dann unter dem Sitz zurücklassen.

Ich war mehr als glücklich über diese Abmachung, denn ich war ziemlich müde und hatte keine Lust, womöglich

mit irgendwelchen Mitreisenden höfliche Gespräche führen zu müssen. Ja, offen gestanden schaute ich recht selbstgefällig durchs das Fenster nach draußen und beobachtete dabei eine gebeugte Gestalt, die den Zug entlangeilte. Wenigstens würde er nicht in mein Abteil kommen können. Als ob er dies bestätigen wollte, hielt er vor der Tür und rüttelte an der Klinke.
Zu meiner großen Überraschung hatte er jedoch ebenfalls einen Schlüssel. Ich war nicht mehr allein.

Sobald ich ihn genau begutachten konnte, wusste ich, dass ich ihn von irgendwoher kannte. Er war groß, schmallippig und buckelig und hatte eine finstere Mine. Er stellte vorsichtig einen großen, zerbeulten Aktenkoffer unter seinen Sitz. Mehrmals betastete er die Außenseite seiner Jacke, als ob er überprüfen wollte, dass sich etwas immer noch in einer Innentasche befand.

Es war John Derry, ein Rechtsanwalt, den ich drei Jahre zuvor in Dumbleton kennen gelernt hatte. Isobel war seine Cousine.

Seit wir uns das letzte Mal gesehen hatten, musste er schlechte Zeiten erlebt haben, dachte ich. Er war sehr blass, eigentlich erschreckend bleich, und hatte einen unruhigen, qualvollen Ausdruck in den Augen. Aber während unserer Unterhaltung machte er keinerlei Andeutungen, dass ihm irgendetwas Unangenehmes widerfahren sei.

„Mr Derry, nicht wahr?"

„Ja, das ist richtig."

„Ich hatte das Vergnügen, Sie vor einigen Jahren in Dumbleton kennen zu lernen."

„Oh ja, ich kenne Sie", sagte er und betrachtete mich aus der Nähe. „Ich fürchte nur, ich habe Ihren Namen vergessen ..."

„Langford, William Langford. Ich kenne Jonathan und Isobel seit Jahren. Ich verbringe das Weihnachtsfest mit ihnen. Sie vielleicht auch?"

„Oh nein, ich nicht", antwortete Mr Derry mit etwas aufgeblasenem Gehabe. „Ich muss mich um die rechtlichen Angelegenheiten kümmern, die die neue Bahnlinie von

Blackwater nach Stockbridge betreffen. Sie haben sicher davon gehört."

Ich erklärte ihm, dass ich für einige Zeit im Ausland gewesen sei und nichts davon wüsste.

„Das überrascht mich doch sehr", sagte er mit tadelndem Ton, als ob jeder in Polen und dem Baltikum über kaum etwas anderes geredet haben müsste. „Stockbridge braucht eine Bahnstrecke, wenn es eine florierende Stadt bleiben soll, und ich betreue das Projekt. Ich bin einer der Manager der East Anglian Linie", sagte er stolz.

Wortreich, gespreizt und ganz besessen von der neuen Bahnlinie Blackwater – Stockbridge, umriss Mr Derry so systematisch die Haupthindernisse, auf die er im Verlauf seiner Arbeit gestoßen war: die Gier der Grundbesitzer, die Gleichgültigkeit der Bürger von Stockbridge die Einwände der lokalen Presse, all dies führte Mr Derry detailliert aus, gnadenlos und ausführlich und ohne Rücksicht auf Verluste.

Nach weniger als zehn Minuten kämpfte ich gegen Schlaf und Langeweile. Mein Gegenüber registrierte das große Gähnen nicht, das mich überfiel, und fuhr fort, mich mit weiteren Informationen über die geplante neue Bahnlinie zu füttern, bis mir der Kopf rauchte und meine Augenlider vor Erschöpfung zitterten.

Erst eine ganze Weile später ließen mich folgende Worte aus meinem Dämmerzustand aufwachen:



„Fünfundsiebzigtausend Pfund *in bar*."

„Fünfundsiebzigtausend *in bar*?", fragte ich so lebhaft ich konnte.

„Ein hoher Betrag, den ich da mit mir herumtrage“, flüsterte er und klopfte sich dabei auf seine linke Jackentasche. Das ließ mich ein bisschen wacher werden. „Sie wollen mir doch nicht erzählen, dass Sie fünfundsiebzigtausend Pfund in Ihrer Jackentasche haben?“, rief ich aus.

„Mein guter Herr“, sagte Mr Derry sichtlich verwirrt, „erwähnte ich das nicht bereits? Erzählte ich Ihnen das nicht schon vor fünfundvierzig Minuten? Ich muss die fünfundsiebzigtausend Pfund heute Abend um halb sieben einem Grundbesitzer in Stockbridge übergeben.“

„Aber wie wollen Sie bis halb sieben von Blackwater nach Stockbridge kommen? Es gibt doch noch keine Bahnlinie zwischen beiden Städten.“

„Nach Stockbridge?“, fragte der Rechtsanwalt zurück, als ob ich soeben die außergewöhnlichste Ansicht geäußert hätte, die er je in seinem Leben gehört hatte. „Nach Stockbridge? Ich dachte, ich hätte Ihnen erklärt, dass der Rechtsanwalt des Grundbesitzers sein Büro in Mallingford hat, weniger als eine Meile von Blackwater entfernt. Ich gehe natürlich zu Fuß.“

„Tut mir leid“, stammelte ich, „da muss ich wohl etwas missverstanden haben.“

„Ja, offensichtlich.“

„Soll ich Ihrer Cousine irgendetwas ausrichten?“ fragte ich, um ihn vom Thema seiner geliebten Eisenbahn abzubringen.



„Sie können ihr ein sehr fröhliches Weihnachtsfest wünschen“, antwortete er. „Und sagen Sie ihr“, fügte er nach kurzem Nachdenken leise kichernd hinzu, „Sie soll das blaue Schlafzimmer nicht abbrennen, solange sich jemand darin aufhält. Das ist *keine* sehr weihnachtliche Tat."

„Hat es einmal in Ihrem Zimmer gebrannt?"

„Ja, und es war sehr unangenehm. Sind wir schon da?", bemerkte er, als der Zug langsamer wurde. „Wie die Zeit verfliegt."

Für mich war sie nicht verflogen. Ich war froh, als er mir den Rücken zudrehte und seinen Mantel anzog, als die Abteiltür geöffnet wurde.

Das rötliche Gesicht des Schaffners mit dem großen Schnurrbart erschien in der Tür: „Ihren Fahrschein, bitte!"

„Ich fahre bis Clayborough", sagte ich.

„In Ordnung, Sir", antwortete er und kontrollierte meine Karte, bevor er wieder in den Gang hinaustrat.

„Er hat Sie ja gar nicht kontrolliert", sagte ich überrascht zu Mr Derry.

„Das tun die Schaffner nie", antwortete er. „Ich reise immer umsonst. Jedermann auf der East Anglian Linie weiß, wer ich bin."

„Blackwater! Blackwater!", rief ein Träger auf dem Bahnsteig, während der Zug in den Bahnhof einfuhr.

„Die Unterhaltung mit Ihnen war *äußerst* interessant", sagte Mr Derry, was für ihn zweifellos zutraf. „Auf Wiedersehen."

„Auf Wiedersehen", antwortete ich und streckte ihm meine Hand hin.

Er zögerte so sehr, dass ich auf meine Hand hinunterblickte, um zu sehen, ob damit etwas nicht in Ordnung war. Aus irgendeinem Grund mochte oder konnte Derry sie nicht schütteln. Stattdessen lüpfte er leicht seinen Hut, nickte kurz und trat auf den Bahnsteig hinaus.

Als ich mich neugierig nach vorn beugte, um diesen seltsamen Mann länger beobachten zu können, trat ich auf etwas. Es war ein aus dunklem Ziegenleder gefertigtes Zigarrenetui mit John Derrys Initialen als silbernes Monogramm auf der Seite. Ich sprang aus dem Abteil und sprach den Schaffner an, der dort zufällig stand.

„Wann fahren wir weiter?"

„In drei Minuten, Sir."

Ich stürzte den Bahnsteig entlang, so schnell meine Beine mich trugen. Ich konnte ihn deutlich sehen, er war ungefähr auf halber Höhe des Bahnsteigs. Als ich näher kam, sah ich, dass er stehen geblieben war, um mit jemandem zu sprechen. Inmitten vieler anderer Menschen.

Sie standen in der Nähe einer Gaslaterne und ich konnte, während ich mir schnell meinen Weg durch die Menge bahnte, eindeutig ihre Gesichter erkennen. Mr Derry hörte mit zweifelnder Mimik seinem Gegenüber zu. Dieser Mann war beträchtlich jünger und kleiner als er, hatte ein rotes Gesicht, rotblondes Haar und trug einen grauen Anzug.

„Mr Derry!"

Er drehte sich nach mir um und starrte mich aus wässrigen Augen an. Im selben Augenblick stieß ich mit einem kräftigen Träger zusammen, der aus einer anderen Richtung kam. Wir prallten gegeneinander.


Für eine Sekunde, vielleicht nur für eine halbe, verlor ich Mr Derry aus den Augen. Doch in dieser Zeit waren er und der andere Mann verschwunden …

Ich schaute mich leicht verblüfft um. Die beiden Männer konnten unmöglich so schnell verschwunden sein. Aber sie waren nirgends zu sehen. Hatten sie sich in Luft aufgelöst? Hatte sie der Bahnsteig verschluckt? Wo *waren* sie?

„Alles in Ordnung, Sir?", fragte der Gepäckträger, mit dem ich zusammengestoßen war. „Sie sehen leicht benommen aus."

„Die beiden Männer, die hier eben noch standen", sagte ich, „haben Sie sie gesehen?"

„Tut mir leid, Sir, das könnte ich nicht behaupten."

Ein langes Tuten der Lokomotive signalisierte, dass sie im Begriff war abzufahren. Der Schaffner stand vor meiner Wagentür und winkte mir wild zu. Ein letztes Mal schaute ich mich um und lief dann, so schnell die Menschenmenge es mir erlaubte, zurück zum Zug. Ich erreichte meinen Wagen gerade, als der Zug langsam aus dem Bahnhof herausdampfte, und wurde vom Schaffner in die Tür hineingezogen. Atemlos und verblüfft und mit John Derrys Zigarrenetui in der Hand ließ ich mich schließlich in den Sitz fallen. Etwas so Seltsamses war mir noch nie passiert. In einem Moment hatten sie dort im Schein der Gaslaterne miteinander geredet – und im nächsten waren sie verschwunden. Wohin? Wie?

Ich musste einfach ständig darüber nachdenken und das Ereignis geisterte mir immer noch durch den Kopf, als mich meine Freunde in Dumbleton abholten.

„Hoffentlich macht es dir nichts aus", sagte Jonathan, „aber wir haben ein paar Gäste zum Abendessen. Knochentrockene alte Typen, fürchte ich. Ein halbes Dutzend. Wir haben beschlossen, sie alle auf einen Schlag einzuladen, dann haben wir bis Ostern vor ihnen Ruhe."

Ich möchte weder die Gäste noch das Abendessen im Einzelnen beschreiben. Es gab einen Baron und eine Baronin, einen Pfarrer, eine Gouvernante, es gab einen Truthahn und eine Rehkeule und man unterhielt sich über alles Mögliche. Links von mir redeten zwei Damen über ihre Hunde, während rechts von mir zwei Herren über ihre Pferde sprachen. Es war schrecklich fad und wurde wirklich so qualvoll, dass das Gespräch schließlich verebbte.

Jonathan, der ein maskenhaftes Lächeln aufgesetzt hatte, starrte ernst in sein Weinglas. Isobel schien in Gedanken nach einem Gesprächsstoff zu suchen, jedoch mit geringer Hoffnung auf Erfolg. Jemand hustete. Unangenehm berührt durch dieses verkrampfte Schweigen, beging ich unglücklicherweise den Fehler, einen Teil meiner Geschichte zu erzählen.

„Ach, Isobel, heute traf ich einen Verwandten von dir im Zug."

„Tatsächlich?", sagte sie und sah mich dankbar an. „Wen denn?"

„Deinen Vetter, John Derry. Er hat gesagt, ich soll dir fröhliche Weihnachten wünschen."

Isobel schaute mich zutiefst bestürzt an, als ob ich verrückt wäre. Jonathan stellte sein Weinglas ziemlich heftig ab, sodass etwas Wein auf die Tischdecke schwappte. Ich hatte keine Ahnung, wieso meine Worte diese Reaktion hervorgerufen hatten und machte mit Mr Derrys Witz weiter.

„Und er bat mich darum, dir auszurichten", fuhr ich verzweifelt fort, „nicht das blaue Zimmer niederzubrennen, während sich jemand darin aufhält!"

Bevor ich meinen Satz beendet hatte, bemerkte ich, wie mich die anderen Gäste fast drohend ansahen. Totenstille folgte meiner Anekdote. Ich spürte, ich hatte etwas gesagt, was aus irgendeinem mir unbekannten Grund unverzeihlich war. Ich saß verlegen da, traurig und verlegen, und wagte nicht, ein weiteres Wort zu sagen, bis der Pfarrer, ein anständiger und gutherziger Mann namens Prendergast, mich aus der misslichen Lage rettete.

„Sie waren einige Zeit im Ausland, Mr Langford, nicht wahr? In Polen und ... und im Baltikum, oder? Sie haben dort sicher viele interessante Erfahrungen gemacht.“

Ich war ihm sehr dankbar und wir begannen ein ziemlich lahmes Gespräch, das nach einigen Minuten die frostige Atmosphäre ein wenig auftaute. Dennoch war ich erleichtert, als das Abendessen vorüber war. Die Damen zogen sich direkt in den Salon zurück, während die Herren zurückblieben.

„Was in aller Welt habe ich falsch gemacht?“, flüsterte ich dem Pfarrer zu, während die Diener den Tisch abräumten.

„Sie haben Isobel vor der Creme der lokalen Gesellschaft in Verlegenheit gebracht, indem Sie von John Derry sprachen.“

„Aber was ist falsch daran, John Derry zu erwähnen? Er ist schließlich ihr Cousin.“

„Ich werde Ihnen sagen, was falsch daran ist“, antwortete er in einem kaum hörbaren Geflüster. „Vor drei Monaten nahm John Derry fünfundsiebzigtausend Pfund Firmengeld und verschwand.“

„Du hast ihn nicht zufällig mit jemand anderem verwechselt?“, fragte Isobel später, nachdem die Gäste gegangen waren und ich mich vielmals für meinen Fehler entschuldigt hatte.

„Unmöglich.“

„Die Tatsache, dass er von dem Feuer im blauen Zimmer wusste“, meinte Jonathan, „beweist, dass es er war. Weißt du, es war da ein Vogelnest im Kamin und dadurch wurde das Zimmer ausgeräuchert. Wie sah er denn aus?"

„Absolut schrecklich. Und er benahm sich ziemlich sonderbar. Er wollte mir nicht die Hand schütteln. Doch sein Redefluss war völlig ungebrochen", fügte ich reuevoll hinzu. „Deshalb glaube ich, er ist unschuldig. Er zeigte keine Spur von Schuldbewusstsein, nicht einmal als der Schaffner vorbeikam."

„Du bist *sicher*, dass er es war, William?"

Verärgert darüber ging ich in mein Zimmer und holte das Zigarrenetui.

„Oh", sagte sie traurig, als ich es ihr gab. „Das ist tatsächlich seines, er besitzt es seit Jahren. Seine Initialen stehen darauf in dieser komischen Schrift."

„Sehr rätselhaft", seufzte Jonathan und schüttelte den Kopf. „Ich denke, wir sollten morgen nach Blackwater fahren, William, und versuchen, das zu klären."

„Bis vor einigen Monaten", berichtete uns der Stationsvorsteher von Blackwater, „war Mr Derry hier ein regelmäßiger Besucher wegen der neuen Bahnlinie. Aber dann, meine Herren, ich bedauere, das sagen zu müssen, gab es einen ziemlichen Skandal."

„Sie haben ihn hier also nicht vor kurzem gesehen? Gestern zum Beispiel?"

„Gütiger Himmel, nein, das ist der letzte Ort, an dem er auftauchen würde. Jeder hier weiß, wie er aussieht und was er getan hat. Man würde ihn auf der Stelle festnehmen!"

„Mein Freund kam gestern mit dem Vier-Uhr-fünfzehn-Express aus London und traf Mr Derry im Zug."
„Mit dem größten Respekt, Sir", sagte der Bahnhofsvorsteher, „das kann ich einfach nicht glauben."
„Vielleicht können Sie den Zugschaffner fragen", antwortete ich. „Ein großer Kerl mit buschigem Schnurrbart. Er hat ihn ebenfalls gesehen. Wissen Sie, wen ich meine?"
„Benjamin Somers. Der ehrlichste Mann, den ich je getroffen habe. Wie es der Zufall so will, ist er augenblicklich hier und wartet auf den Elf-Uhr-vierzig-Zug."
Es wurde nach dem Mann geschickt und ich erkannte ihn sofort.
„Somers", begann der Bahnhofsvorsteher, „würden Sie Mr John Derry erkennen?"
„Diesen gemeinen Hund, der all das Geld geklaut hat, Sir?"
„Ja."
„Und ob ich ihn erkennen würde, Sir."
„Saß er gestern im Vier-Uhr-fünfzehn-Express?"
„Im Vier-Uhr-fünfzehn? Gestern? Nein, Sir."
„Aber Sie müssen ihn gesehen haben!", rief ich. „Er saß in demselben Abteil wie ich!"
„Es tut mir leid, Sir, aber ich habe ihn seit Monaten nicht mehr zu Gesicht bekommen", sagte der Schaffner mit Nachdruck. „Und wenn ich ihn gesehen hätte, hätte ich den gemeinen Dieb selbst verhaftet."
„Nun, meine Herren, wir können Ihnen leider nicht dienlich sein", sagte der Bahnhofsvorsteher. „Ich denke, ich kann mit Sicherheit sagen, dass Mr Derry gestern nicht im

Vier-Uhr-fünfzehn-Express war. Wenn Sie mich nun entschuldigen wollen, ich habe zu tun.“.

„Aber …“, rief ich.

„Einen schönen Tag noch“, war seine knappe Antwort.

Man ließ uns auf dem Bahnsteig stehen und wir sahen nur noch die Rücken des Bahnhofsvorstehers und des Schaffners. Für einige Augenblicke schwiegen wir.

„Moment mal“, sagte Jonathan plötzlich, „ist alles in Ordnung mir dir? Vielleicht ein bisschen angeschlagen von den ganzen Reisen?“

„Natürlich bin ich in Ordnung!“, antwortete ich. „Willst du mir als Nächstes erzählen, dass ich das alles geträumt habe?‘“

„Das ist nicht auszuschließen …“

„Und das ist ebenfalls ein Traum, nehme ich an?“, sagte ich ärgerlich und wedelte mit dem Zigarrenetui vor seiner Nase herum.

Mich hatte die Episode auf dem Bahnhof in Blackwater wütend gemacht und ich wollte, dass das Rätsel gelöst wurde. Ich schrieb an den Vorsitzenden der East Anglian Linie und umriss ihm grob, was geschehen war. Er antwortete mir und bat mich um eine Unterredung, bei der Benjamin Somers anwesend sein würde. Ich nahm an, Zweck des Gesprächs solle sein zu untersuchen, ob der Schaffner Komplize bei John Derrys Verbrechen gewesen war. Ich lag falsch.

Ich wurde in den Sitzungssaal der Gesellschaft geführt, wo neun oder zehn ernst dreinblickende Herren, die Direktoren, um einen großen Tisch herum saßen. Drei Angestellte hockten an einem separaten Tisch. Der Vorstandsvorsitzende stellte sich vor und dankte mir für mein Kommen.

„Die Sache mit Mr Derry ist ein Rätsel, Mr Langford."

„Ja, in der Tat."

„Sie behaupten, ihn im Vier-Uhr-fünfzehn-Express von London nach Crampton gesehen zu haben, am, ähm …", er schaute auf ein Blatt Papier, „am 4. Dezember. Ist das korrekt?"

„Das ist richtig. Er ließ sein Zigarrenetui liegen. Hier."

Der Vorsitzende drehte es in seinen Händen, bevor er es den anderen Direktoren weiterreichte.

„Ziemlich außergewöhnlich", murmelte er in sich hinein. „Redeten Sie mit Mr Derry?"

„Ja, oder besser gesagt, er redete mit mir. Er erzählte mir alles über die neue Bahnstrecke von Blackwater nach Stockbridge – über die Baukosten, die rechtlichen Angelegenheiten und den Landkauf. Er hatte fünfundsiebzigtausend Pfund in bar bei sich."

„Er behauptete, fünfundsiebzigtausend Pfund bei sich zu haben?“
„Ja. Es war für den Landkauf.“
„Wissen Sie“, fragte ein anderes Vorstandsmitglied, „dass John Derry genau diesen Geldbetrag *vor mehr als drei Monaten* stahl?“
„Ja.“
„Und doch schien er nicht schuldbewusst oder übermäßig beunruhigt?“
„Nein.“
Zwei der anderen Vorstandsmitglieder begannen miteinander zu tuscheln.
„Höchst unwahrscheinlich“, hörte ich einen von ihnen sagen.
„Und dieses Zigarrenetui“, flüsterte der andere, „er muss es irgendwo anders herhaben.“
Ich spürte, wie mir vor Entrüstung die Röte ins Gesicht stieg – sie dachten, ich würde lügen!
„Mr Langford, zweifellos wissen Sie, dass die Gesellschaft für jede Information über den Verbleib von Mr Derry und die fünfundsiebzigtausend Pfund eine Belohnung von fünftausend Pfund ausgesetzt hat.“
Mir klappte tatsächlich die Kinnlade herunter, als ich begriff, was er mir damit zu verstehen geben wollte. Er dachte, ich hätte mir das alles nur ausgedacht, um an die Belohnung zu kommen!

„Ich hatte keine Ahnung von der Belohnung!“, sagte ich wütend. „Und ich bin sehr verärgert darüber, dass Sie das anzunehmen scheinen!“

„Ich nehme nichts an“, antwortete er ruhig. „Ich wollte lediglich ermitteln, ob Sie von der Belohnung wussten. Mr Pilkington, holen Sie bitte Somers.“

Während ich aufgebracht auf meinem Stuhl saß, holte ein Angestellter den Schaffner Benjamin Somers herein. Wir beide tauschten ein paar feindliche Blicke.

„Somers“, begann der Vorsitzende, „das ist Mr Langford, den Sie ja bereits kennen. Er berichtete uns, dass Mr John Derry am 4. Dezember im Vier-Uhr-fünfzehn-Express von London nach Crampton war. Sie teilten sich sogar das Abteil. Mr Langford besitzt ein Zigarrenetui als Beweis. *Saß* Mr Derry im Zug?“

„Nein, Sir.“

„Warum sollte ich Ihnen glauben, Somers?“

„Ich bitte um Verzeihung, Sir, aber ich arbeite jetzt seit fast dreißig Jahren für diese Firma und habe stets mein Bestes getan."

„Vielleicht. Dennoch möchte ich, dass Sie uns einfach Ihre Seite der Geschichte berichten."

„Nun, ich bin langes Reden nicht gewöhnt, Sir, aber dieser Herr …"

„Mr Langford, Somers."

„Ja, Sir, Mr Langford. Er kam in London am Bahnhof zu mir und fragte, ob er ein eigenes Abteil bekommen könnte."

„Ein *eigenes* Abteil?", wiederholte der Vorsitzende und zog dabei erstaunt seine Augenbrauen hoch.

„Ja, Sir. Ich brachte ihn also zu einem Abteil und gab ihm den Schlüssel. Ich sagte ihm, er solle die Tür verriegeln und den Schlüssel unter den Sitz legen, wenn er in Clayborough aussteigen würde."

„Ist das wahr, Mr Langford?"

„Ja, aber …"

„Mr Langford", sagte ein anderes Vorstandsmitglied ungeduldig, „einerseits behaupten Sie, ein Abteil mit Mr John Derry geteilt zu haben, und andererseits haben Sie sich in ein eigenes Abteil eingeschlossen? Finden Sie nicht, dass darin ein gewisser Widerspruch liegt?"

„Ja, aber …"

„Fahren Sie fort, Somers", befahl der Vorsitzende mit einem müden Seufzer.



„Ja, Sir. Das nächste Mal sah ich den Herrn, als ich seine Fahrkarte in Blackwater kontrollierte. Er rannte höchst eigenartig den Bahnsteig entlang, Sir."

Ich versuchte, das zu erklären.

„Das war, als ich merkte, dass Mr Derry sein Zigarrenetui vergessen hatte. Ich wollte es ihm einfach zurückgeben und rannte, weil ich den Zug nicht verpassen wollte."

„Und, haben Sie Mr Derry gefunden?"

„Ähm, nun …"

„Ja oder nein?"

„Nun, ja, schon."

„Und doch versäumten Sie, ihm das Zigarrenetui zu geben."

„Ich fürchte, es war nicht … möglich."

„Warum nicht?"

„Nun", sagte ich verzweifelt, „wenn ich Ihnen berichten darf, was geschah …"

„Selbstverständlich."

Ich begann mit meiner seltsamen Geschichte und erklärte, wie ich mich durch die Menge hatte kämpfen müssen, um zu Mr Derry und dem Mann zu gelangen, mit dem er sprach.

„Er unterhielt sich mit jemandem?", fragte der Vorsitzende interessiert.

„Ja."

„Würden Sie den Mann wieder erkennen?"

„Oh ja. Er war klein und zierlich, hatte rotblondes Haar, ein ziemlich rotes Gesicht und trug einen grauen Anzug."

„Sie müssen ziemlich dicht dran gewesen sein, um das alles aufnehmen zu können", bemerkte ein Aufsichtsratsmitglied.

„Ja."

„Und trotzdem gaben Sie Mr Derry das Zigarrenetui nicht zurück."
„Ähm … Ja, leider."
„Mir drängt sich die Frage auf, Mr Langford", sagte der Vorsitzende geradeheraus, „warum?"
Ich blickte nahezu verzweifelt einen nach dem anderen an. Wie sollte ich ihnen verständlich machen, was sich an diesem Tag ereignet hatte? Wie konnte ich es selbst begreifen? Vielleicht hatte Jonathan Recht, vielleicht *hatte* ich es geträumt …
„Also, ich lief zu Mr Derry und seinem Begleiter, rief seinen Namen und er drehte sich um, sah mich an – und in diesem Augenblick stieß ich mit jemandem zusammen und dann, und dann …"
„Was dann, Mr Langford?"
„Und dann war Mr Derry irgendwie … verschwunden. Als hätte er sich *in Luft* aufgelöst."
Die darauf folgende Stille war schier unerträglich.
„Wie weit waren Sie zu dem Zeitpunkt von ihm entfernt?", fragte schließlich jemand.
„Etwa drei Meter."
Ich lächelte schwach. Alle sahen mich an, als ob ich ein kompletter Idiot wäre. Somers schüttelte traurig seinen Kopf, fast mitleidig.
„Ich fürchte, das Ganze war reine Zeitverschwendung", sagte der Vorsitzende, kramte einige Papiere zusammen und stand auf. „Meine Herren, lassen Sie uns wieder an die Arbeit gehen. Somers, bitte entschuldigen Sie. Und Sie, Mr Langford, seien Sie froh, dass wir nicht die Polizei einge-

schaltet haben. Ich bin fest davon überzeugt, dass Sie unsere Gesellschaft um fünftausend Pfund betrügen wollten."
So eine Ungerechtigkeit! Und doch, wie konnte ich die Wahrheit beweisen? Warum tauchte ein Mann, der der Gesellschaft fünfundsiebzigtausend Pfund gestohlen hatte, drei Monate später im Zug der Gesellschaft wieder auf? Und wie konnte sich derselbe Mann augenblicklich in Luft auflösen? Ich dachte, ich würde verrückt werden. Ich ließ mich auf meinen Stuhl fallen und presste verzweifelt das Zigarrenetui an meine Brust, als ob meine geistige Gesundheit daran hinge.

Die Aufsichtsratsmitglieder verließen den Raum und verschiedene Angestellte schwirrten umher. Und da sah ich ihn. Er kam mit einem Stapel Papiere in seinen Armen in den Raum und verteilte sie an andere Angestellte. Ein kleiner Mann von zierlicher Gestalt mit rotblondem Haar und einem roten Gesicht …

„Das ist er!", schrie ich gellend.

Es wurde still. Der Angestellte sah mich an, anscheinend verwirrt, ohne ein Anzeichen des Wiedererkennens.

„Das, Sir, ist Mr Raikes, leitender Angestellter", sagte der Vorstandsvorsitzende. „Wirklich, Mr Langford, ich finde, wir haben genug gehört von Ihren haarstreubenden …"

„Das interessiert mich nicht, und wenn er der Kaiser von China wäre!", rief ich aufgeregt. „Das ist der Mann, der mit John Derry sprach!"

Beim Namen ‚Derry' weiteten sich kurz die Augen Raikes, doch das war das einzige Anzeichen von Beunruhigung und nur ich bemerkte es.

„Ich bedauere, Mr Langford, aber unser Gespräch ist jetzt beendet und ich muss darauf bestehen, dass Sie …"
„Bitte", flehte ich ihn an, „bitte, Sie müssen ihn befragen."
„Hören Sie nicht auf ihn", sagte einer der Direktoren, „der Mann ist schlicht verrückt."
Etwas in meinem Blick musste den Vorsitzenden dazu veranlasst haben, mir wider besseres Wissen eine letzte Chance zu geben.
„Nun gut, Mr Langford. Wonach sollte ich ihn fragen?"
„Wo waren Sie", fragte ich Raikes direkt, „am Nachmittag des 4. Dezembers?"
„Ich war hier", antwortete Raikes, „im Büro. Überprüfen Sie das Hauptbuch, wenn Sie mir nicht glauben."
„Überprüfen Sie es", befahl der Vorsitzende dem Angestellten namens Pilkington.
Während alle gespannt warteten, holte Pilkington das Hauptbuch.
„Ah ja", sagte er, nachdem er es etwa eine Minute durchblätterte. „Am 4. Dezember arbeiteten die meisten von uns an der Carter-Watkins-Sache. Ich auch, zusammen mit Gray, Flower, Morrow, Raikes …"
„Ja", sagte der Vorsitzende ärgerlich, „die Carter-Watkins-Geschichte. Ich erinnere mich genau an diesen Tag. Nun, Mr Langford, es reicht nun wirklich. Sie versuchen nicht nur, uns um fünftausend Pfund zu betrügen, sondern auch, einen gänzlich unschuldigen Mann zu ruinieren. Mr Pilkington, rufen Sie die Polizei."

Während er all das gesagt hatte, hatte ich Raikes angestarrt und Raikes mich. Es gibt einige Formen der Kommunikation, die tiefer reichen als Worte. Meine Augen bohrten sich in seine und sagten: *Schuldig, Sie sind schuldig!* Und seine Augen … seine Augen sagten: *Ja, ich bin schuldig, ich bin schuldig!* Er sank auf die Knie.

„Ich kann es nicht länger ertragen!“, weinte er. „Ich war dort! Ich traf Mr Derry auf dem Bahnsteig!“

„Aber, aber Sie waren doch hier“, stammelte Mr Pilkington. „Die Carter-Watkins-Sache, Sie waren *hier*.“

„Nicht dann“, wimmerte Raikes, „ich weiß nichts darüber, ich kann es nicht erklären … Ich war davor dort am 24. September.“

„Aber das war der Tag, an dem Mr Derry die fünfundsiebzigtausend Pfund nach Mallingford brachte“, flüsterte der Vorsitzende.

„Ja. Ich wusste, dass er fuhr, und nahm mir den Tag frei. Ich traf ihn am Bahnhof in Blackwater, gab vor, es sei ein zufälliges Zusammentreffen. Ich sagte ihm, es gäbe eine Abkürzung nach Mallingford. Er folgte mir und als wir auf einem Feld waren …“

„Raikes“, wisperte jemand, „was wollen Sie damit sagen?“

„Oh, das Blut, das viele Blut“, jammerte Raikes. „Ich wollte ihn nicht töten! Ich wollte das nicht!“

Er brach zusammen und schluchzte wie ein Häufchen Elend, sein Gesicht verbarg er vor unseren entsetzten Blicken.

John Derry war am 24. September 1857 ermordet worden. Wem – oder was – begegnete ich am 4. Dezember?

Zwölf Jahre lang habe ich über diese Frage gegrübelt. Ich glaube, dass sein gepeinigter Geist aus dem Jenseits den Vier-Uhr-fünfzehn-Express heimsuchte, bis irgendjemand auf irgendeine Weise seinen Namen reinwusch und seine Unschuld bewies. Wer weiß, wie viele andere Reisende sich mit ihm unterhielten, die ihm nie zuvor begegnet waren und nichts von seinem Schicksal wussten?

Was jedoch weitaus schwieriger zu begreifen ist, ist, dass ich an diesem Tag auch den Geist eines Mannes sah, der nicht tot war. Ich sah Raikes auf dem Bahnsteig mit Derry und zur selben Zeit lebte, atmete und arbeitete der wirkliche Raikes fleißig in London.

Ist es möglich, dass sowohl die Lebenden als auch die Toten Geister haben?

Jetzt ist Raikes sicher tot. Er wurde des Mordes für schuldig befunden, zum Tode verurteilt und gehängt.

Jedes Jahr zu Weihnachten, wenn ich meine alten Freunde Jonathan und Isobel besuche, schaudert es mich, wenn der Zug Blackwater erreicht, und ich muss immer aus dem Fenster blicken, für den Fall, dass ich sie sehe – die Geister eines Mörders und seines Opfers.

# Die Frau

Als Erstes hörte ich von der Frau durch meinen Freund Carlos. Sie war sein schlimmster Albtraum und seine größte Furcht. Und nun, während ich das schreibe, ist sie dasselbe für mich geworden.

Carlos war ein hervorragender junger Ingenieur und lebte in Madrid. Er war mit einer Frau namens Joaquina verlobt, seine Jugendliebe aus Sevilla, aber 1859 starb sie plötzlich. Einige Wochen nach ihrem Tod besuchte ich Carlos in Madrid. An dem Morgen fand ich ihn in seinem Büro, wo er mit seinem Assistenten ruhig an den Plänen für einen neuen Tunnel arbeitete: Vor Erschöpfung und Kummer wirkte er halb tot, doch er schien sich sehr zu freuen, mich zu sehen.

Wir gingen zu einem kleinen Café auf dem San-Lorenzo-Platz, wo Kinder um den kleinen Steinbrunnen spielten, und setzten uns an einen Tisch.

„Ich bin froh, dass du gekommen bist“, sagte Carlos feierlich. „Es gibt etwas, worüber ich reden will, etwas, was ich dir sagen muss.“

„Schieß los“, antwortete ich und blickte ihn besorgt an.

„Es geschieht etwas, Gabriel, was ich überhaupt nicht verstehe. Etwas Unglaubliches und es ist doch wahr.“ 

Äußerlich schien er recht ruhig und kontrolliert. Aber auf seiner Stirn glänzten Schweißperlen und seine Stimme klang leicht panisch. Ich bemerkte mit Schrecken, dass Carlos Todesängste ausstand.

„Gabriel, ich habe dir nie von meiner besonderen Angst erzählt. Sie ist so lächerlich und seltsam und, nun ja, peinlich, und ich habe nie irgendjemandem, nicht einmal meinen engsten Familienangehörigen, davon erzählt. Weißt du, mein ganzes Leben lang, so weit ich zurückdenken kann, habe ich eine wahnsinnige Angst vor, vor …“

„Ja?“

„Ich sage es nur ungern, aber ich muss es tun. Ich *muss.*“

Trotzdem verfiel er in nervöses Schweigen und machte keinerlei Anstalten fortzufahren.

„Vor Spinnen? Oder Schlangen?“, hakte ich nach, um ihm Mut zu machen. „Du brauchst *mir* nichts von Ängsten zu erzählen. Ich habe immer noch panische Angst vor Hunden. Erinnerst du dich an unsere Studienzeit, als dieser Professor immer seinen widerlichen Spaniel mitbrachte und ich alle seine Vorlesungen schwänzen musste?“

„Ich wünschte, meine wäre so gewöhnlich. Die Wahrheit ist, dass ich fürchterliche Angst habe vor … ich … weißt du, ich …“

Noch einmal brach er ab und schwieg.

„Ich frage mich, woher diese Ängste kommen?“, fuhr ich fort. „Wenn ich einen großen Hund ohne Leine sehe, beginnt mein Herz zu hämmern und ich bin felsenfest davon überzeugt, dass er mich anfallen wird.“



„Nun“, sagte mein Freund, „du hast Glück, unter einer so gewöhnlichen Angst zu leiden. Ich fürchte … Schon als kleiner Junge hat mir des Nachts nichts so viel Angst, so viel Panik eingejagt wie der Anblick – oder allein nur der Gedanke – an eine Frau.“

Wäre Carlos nicht in tiefer Trauer gewesen, hätte ich laut loslachen müssen. So jedoch starrte ich ihn nur verdutzt an und wartete auf weitere Erklärungen.

„Du weißt, dass ich kein Feigling bin“, sagte er schnell. „Du weißt zum Beispiel von den Duellen, die ich ausgefochten habe. Doch wenn ich durch die Nacht gehe, würde ich in einer dunklen Gasse lieber drei blutrünstigen, betrunkenen Mördern begegnen als einer einzelnen Frau. Ich zittere dann von Kopf bis Fuß und Vorstellungen von Geistern und Dämonen kommen mir in den Sinn. Ich fühle mich dann so verdammt hilflos, Gabriel, dass mir nur die Flucht nach Hause bleibt.“

Ich schwieg weiterhin. Ich wusste nicht, was ich sagen sollte. Was war so schrecklich daran, des Nachts eine Frau zu sehen?

„Mir ist das mehrmals passiert und jedes Mal hatte es dieselbe Wirkung. Gabriel, du bist der Erste, dem ich das erzählt habe. Ich weiß nicht, was ich tun soll.“

Verlegen wartete er auf meine Antwort.

„Sind sie“, sagte ich nach einer Weile ziemlich verwirrt, „sind sie sehr furchtbar, diese Frauen?“

„Nun … Nein, nicht wirklich. Sie tun mir nichts, es sind ganz gewöhnliche Frauen; eine alte Frau, die von einem Haus zum anderen über eine Straße trippelt, oder eine junge Frau, die an der Haustür auf einen Freund wartet. Es sind völlig normale, harmlose Frauen. Das heißt, bis auf eine – die große Frau.“

Er wischte sich mit einem Taschentuch den Schweiß von der Stirn und ein leichter Schauer schüttelte ihn, obwohl er es zu verbergen versuchte.

„Gabriel, vor drei Jahren schlenderte ich eines Nachts nach einem Besuch im Spielkasino nach Hause. Ich werde das Datum nie vergessen! Es war der 16. November. Der Vollmond tauchte die schmalen Straßen in silbernes Licht. Ich überquerte die Calle los Peligros, als ich sie sah, nicht mehr als zwanzig Schritte entfernt."

„Die große Frau?"

Er nickte.

„Sie stand ganz allein, unbeweglich, viel größer als ein großer Mann, ein Riese von Frau, sehr alt und in ein langes, schwarzes Kleid gehüllt. Ihre Augen, unerschrockene, bösartige Augen, fixierten mich, blitzten durch die Nacht wie Dolche, während sich ihr riesiger, zahnloser Mund langsam zu einem widerlichen, boshaften Grinsen verzog."

„Carlos", sagte ich leise, „ich verstehe, deine Angst ist so wirklich wie meine vor Hunden und weit, weit stärker als irgendetwas, was ich je erlebt habe. Aber in Wirklichkeit war diese Frau wahrscheinlich nur eine Bettlerin, die sich Geld erhoffte oder …"

„Sie sah aus, als ob sie aus früheren Zeiten stammte", fuhr er fort, ohne mir zugehört zu haben, „und sie fächelte sich kokett mit einem Fächer Luft zu, als ob sie eine junge Frau wäre, die mich necken wollte. Sie war fürchterlich. Abstoßend. Ihre Haut hatte einen tödlich grauen Farbton, Gabriel, und sie grinste weiterhin schrecklich wie ein böswilliger Wasserspeier. Ich war wie versteinert.

Wenn ich nachts auf eine einsame Frau stoße, packt mich Panik und ich renne normalerweise in die entgegengesetzte Richtung davon. Doch dieses Mal, bei dieser Frau konnte ich mich nicht einmal rühren. Ihr Blick hielt mich gefangen. Ich stand da und starrte sie an, während mich eine Angst überfiel, deren Erinnerung ich kaum ertragen kann. Sie war eine Hexe. Sie war ein Teufel. Sie war das Böse in menschlicher Gestalt. Ich fühlte, dass sie der Grund dafür war, warum mich stets Panik überfiel, wenn ich bei Nacht einer Frau begegnete. Sie war die Verkörperung meiner Angst; sie machte meine Furcht sichtbar."

Carlos schien sich meiner Gegenwart nicht mehr bewusst zu sein. Das Gespräch hatte sich zum Monolog gewandelt, manchmal stockend und aufgeregt, manchmal klar und

sachlich. Er schaukelte mit starren, unbeweglichen Augen auf seinem Stuhl hin und her.

„Ich musste vor der großen Frau fliehen, war aber zu ängstlich und schwach, um fortzulaufen. Schließlich gelang es mir, mich zu bewegen. Und ich stahl mich über die schmale Straße davon, mit meinen Händen klammerte ich mich an die Mauern, als ob ich einen schmalen Grat über einem Abgrund entlangliefe. Ich war etwa zehn Schritte gegangen, als mich plötzlich ein unerträglicher Gedanke zum Stehenbleiben veranlasste: Was, wenn die große Frau mir folgte?!

Ich wollte mich nicht umblicken, und doch *musste* ich es tun. So stand ich dort, bewegungslos, für eine Minute oder länger, und mein Herz hämmerte. Dann drehte ich meinen

Kopf und schaute mich um, fast so, als ob jemand anderes die Macht hätte, ihn zu drehen. Und was sah ich? Sie schlich leise auf mich zu!
Ich sah das mitleidlose Glänzen ihrer wässrigen Augen, die tief zerfurchte Haut, ihre Falten, und dieses widerliche, unanständige, spöttische Grinsen. Ich schrie und irgendwie schreckte der Lärm mich aus meiner Trance auf und ich konnte wieder laufen. Ich flüchtete wie der Hase vor einem Hund und rannte, bis ich mein Haus auf der Calle de la Jardines erreichte. Im Haus brach ich zusammen, war nur noch ein zitterndes Wrack."
Ich konnte mir vorstellen, wie er dagelegen haben musste, denn auch jetzt zitterte Carlos und seine Stimme gehorchte ihm kaum.
„Aber meine Probleme waren damit nicht überstanden, Gabriel", sagte er, als er sich erneut bewusst wurde, dass ich ihm zuhörte. „Sie begannen erst."
„Sie war bei dir zu Hause?"
„Nein, das nicht. Wenigstens nicht auf die Weise, wie du dir das vorstellst. Es war vier Uhr morgens, dennoch erwartete mich mein Diener. ‚Señor', sagte er, sobald ich mich zusammengerissen hatte, ‚Señor, Colonel Falcón wartet seit Mitternacht auf Sie.'"
Carlos seufzte und seine Augen füllten sich mit Tränen.
„Seine Worte machten mir Angst. Weißt du, Colonel Falcón war ein alter Freund der Familie aus Sevilla. Er wäre nie nach Madrid gereist, es sei denn, es gab wichtige Nachrichten, und da mein Vater seit einiger Zeit krank war … Ich rannte ins Wohnzimmer und Falcón stand sofort auf,

sein Gesichtsausdruck bestätigte, was ich bereits ahnte. Erschüttert durch mein Erlebnis mit der großen Frau warf ich mich in seine Arme und begann zu weinen. ‚Ja, Carlos', sagte Colonel Falcón, ‚dein Vater ist gestorben.'"
Mein Freund hatte mir erst die Hälfte seiner Geschichte erzählt, aber er war so aufgeregt, dass er fast verrückt wirkte, und ich hatte Angst, er könnte einen Anfall erleiden. Er musste sich unbedingt beruhigen, deshalb beschloss ich, zu gehen und später zurückzukommen.
„Aber du weißt noch nicht, was danach geschah", flüsterte er.
„Später, Carlos. Ich komme am frühen Abend vorbei."
„Versprochen?"
„Ja, versprochen."
Ich war froh wegzukommen. Nicht allein, weil ich mir Sorgen um ihn machte, sondern weil ich in Ruhe über alles, was er mir erzählt hatte, nachdenken wollte.

Als ich an diesem Abend erneut ins Haus meines Freunds kam, führte mich sein Diener durch die Zimmer zur hinteren Tür und hinaus in den Hof, wo Carlos an einem Tisch saß. Ich trat näher und sah, dass er an etwas arbeitete, an einem flachen Stück Holz, in das er Formen oder Buchstaben schnitzte.
„Ich wusste gar nicht, dass du schnitzen kannst", sagte ich.
„Es ist nur ein Hobby."
„Was machst du?"
„Ein kleines Memento."

Er legte es zur Seite und wandte sich an seinen Diener. „Alfredo, bringen Sie uns bitte eine Flasche Sangria und dann möchten wir nicht mehr gestört werden."

„Ja, Señor."

Wir schwiegen, bis Alfredo die Sangria gebracht hatte.

„Ich habe darüber nachgedacht, was ich dir vorher erzählt habe", begann Carlos.

„Ich ebenfalls."

„Du wirst dich darüber wundern, warum ich so von der großen Frau besessen bin, obwohl nur drei Wochen vergangen sind, seit Joaquina starb."

„Nein, wirklich nicht. Es ist doch völlig normal, in deiner tiefen Trauer diese sonderbaren Stimmungen zu erleben. Deshalb möchte ich dir einen Vorschlag machen."

„Was für einen?"

„Warum verlässt du nicht für einige Monate die Stadt und suchst dir einen Ort auf dem Land, wo du dich erholen kannst? Du stehst immer noch unter Schock. Eine ordentliche Ruhepause wird dir klarmachen, dass die große Frau allein das Produkt deiner Fantasie ist."

Er lächelte mich an, fast wie ein Vater, der enttäuscht darüber ist, dass sein Kind etwas nicht versteht.

„Vielleicht hast du Recht. Vielleicht sollte ich deinen Rat befolgen, aber alles wird klarer, wenn du den Rest meiner Geschichte erfährst. Wenn du dann immer noch glaubst, es sei Unsinn", sagte er frei heraus, „werde ich nie wieder irgendjemandem gegenüber ein Wort darüber erwähnen."



„Aber das strengt dich an, es ist nicht gut für dich", protestierte ich.

„Gabriel, ich *muss* es jemandem erzählen."
„Aber …"
„Lange Zeit nach dem Tod meines Vaters", fiel er mir ins Wort und brachte mich mit einer Handbewegung zum Schweigen, „sah ich die große Frau wieder. Es war um fünf Uhr morgens. Es war noch nicht hell, doch ein leichtes Schimmern überzog bereits den Himmel. Ich war allein auf der Straße und tief in Gedanken versunken, ohne dass mir die große Frau in den Sinn gekommen wäre."
Carlos holte sein Taschentuch aus der Tasche und tupfte sich damit die Stirn. Er holte tief Luft, so, als ob er sich selbst auf den weiteren Bericht vorbereiten müsste.
„Als ich aufsah, Gabriel, und sie dort vor mir sah, wäre ich beinahe vor Schreck in Ohnmacht gefallen. Sie stand nur Zentimeter von mir entfernt! Woher sie gekommen war, werde ich nie erfahren. Ihre widerlichen Augen fixierten meine. Ihr Grinsen wurde breiter, anzüglicher, spöttischer und sie fächelte sich wieder Luft zu, so kokett und verschlagen wie zuvor. Ohne darüber nachzudenken, griff ich sie an, wie eine in die Ecke gedrängte Katze einen Hund angreift! Ich warf mich auf sie, packte sie am Hals und schlug ihren Kopf gegen die Wand, hart – wieder und wieder und wieder, schrie sie an, aber …"
„Was, Carlos?"
„Es machte ihr nichts aus! Sie war nicht zu verletzen. Ich ließ von ihr ab und starrte voller Ekel auf meine Hände hinunter, mit denen ich ihre schlaffe Haut berührt hatte. ‚Erinnert Ihr Euch daran, was am 16. Juni geschah?', zischte sie. Wie konnte ich den Tag vergessen, an dem mein

Vater gestorben war! Und das Datum, an dem ich sie das erste Mal gesehen hatte! Ich nickte langsam, einmal, zweimal, und sie heulte auf vor Schadenfreude. ‚Ihr werdet Euch an heute ebenso gut erinnern!', gackerte sie."

Carlos zitterte. Ich legte meine Hand auf seinen Arm, damit er sich beruhigte, doch nichts konnte ihn davon abhalten, seine Geschichte zu Ende zu erzählen.

„Ich schrie sie außer mir vor Wut an: ‚Ich hasse Sie, ich habe Sie immer gehasst!' – und sie antwortete mit einem verschlagenen, widerwärtigen Geflüster, das mich vor Widerwillen zurückweichen ließ: ‚Ja, Ihr habt mich Zeit Eures Lebens gekannt und Ihr habt mich immer gehasst, aber ich kenne Euch sogar noch länger. Ich kannte Euch, bevor Ihr geboren wurdet, und ich werde Euch kennen, nachdem Ihr gestorben seid!' ‚Wer sind Sie?', kreischte ich, zitternd vor Angst, und sie antwortete: ‚Ich bin die *Hölle*!'"

Er schleuderte das Wort so heftig hervor, dass ich erschrocken zurückwich.

„Sie spuckte mir ins Gesicht – ein widerliches, stinkendes, klebriges Etwas, das an mir haftete wie Sirup –, bevor sie ihre Röcke zusammenraffte und lautlos davonlief. Ich stürzte auf den Gehweg, kaum noch bei Bewusstsein, und wurde dort eine Stunde später von einem Priester gefunden. Ich erzählte ihm nicht, was geschehen war. Er dachte, ich sei krank oder vielleicht betrunken. Er half mir nach Hause. Und wer, glaubst du, Gabriel, erwartete mich dort?"

„Wer?"

„Colonel Falcón. Noch einmal war er aus Sevilla gekommen, um mir schlechte Nachrichten zu überbringen. Verstehst du, was ich dir jetzt erzähle, geschah vor nur drei Wochen. Er war gekommen, um mir zu berichten, dass Joaquina, meine große Liebe, gestorben war."

Carlos sank auf seinem Stuhl zusammen und verbarg vor lauter Kummer sein Gesicht mit den Händen.

Die Geschichte schockte und entsetzte mich und ich war krank vor Sorge über den Gesundheitszustand meines Freundes, doch nahm ich ihm die große Frau, diesen Vorboten des Todes, ab?

Nein. Ich glaubte, dass er glaubte, sie sei wirklich real. Ich dachte, der Kummer habe ihn vorübergehend wahnsinnig gemacht. Tatsächlich ging ich sogar davon aus, dass er vielleicht immer leicht verrückt gewesen war, denn unter so einer ausgeprägten Angst von frühester Kindheit an zu leiden, war ein sicheres Zeichen von Labilität.



Natürlich fasste ich das alles nicht in so viele Worte, aber er wusste, was ich meinte. Er merkte es. Er erwähnte die große Frau nie wieder, weder mir noch, soweit ich weiß, irgendjemand anderem gegenüber.

Als ich ihn an diesem Abend verließ, nahm er das Stück Holz und begann, wieder daran zu arbeiten.

„Darf ich es sehen, wenn es fertig ist?“, fragte ich.

„Ich bin sicher, du wirst es sehen, wenn es fertig ist“, antwortete er, ohne aufzusehen.

Einige Tage später musste ich in die Provinz Albacete reisen, um das Treiben eines Minenschachtes zu beaufsichtigen. Ich schrieb Carlos mehrmals, erhielt jedoch keine Antwort. Ich hörte, dass er an Darmgrippe und Gelbsucht erkrankt war.

Beinahe ein Jahr später erreichte mich ein Brief seiner Schwester, der mich mehr schockierte, als ich sagen kann, zusammen mit einer Einladung: einer Einladung zu seiner Beerdigung. Er war schwer depressiv geworden und war einfach dahingesiecht.

Der Familienlandsitz lag nahe eines Dorfes einige Meilen vor Sevilla und die Familiengruft befand sich auf dem Friedhof Santa Maria. Die zehn oder zwölf Kutschen des Leichenzugs wanden sich durch die schmalen Straßen der schönen alten Stadt. Hunderte von Menschen folgten zu Fuß, Diener und Landarbeiter, alle wollten sie ihm den letzten Respekt zollen.



Ich saß in einer der letzten Kutschen mit drei anderen Männern, mit einem von ihnen hatte ich Ingenieurwesen studiert, ihn aber seitdem kaum mehr gesehen. Wir unterhielten uns über unser Leben und über Carlos, als ich zufällig kurz durch das Fenster blickte und ein besonderes Gebäude entdeckte.

„Sieh dir das an", sagte ich zu meinem Begleiter und zeigte auf eine Moschee. „Das ist ein maurischer Bau, bestimmt über vierhundert Jahre alt, und ich wette, er wird weitere vierhundert Jahren dort stehen."

Er pflichtete mir begeistert bei und erging sich dann lang und breit, um mir seine Ansichten über die maurische Architektur kundzutun. Ich hatte vergessen, wie langweilig er war, und, obwohl ich höflich nickte, hörte ich nicht zu, sondern betrachtete die Bürger draußen, von denen die meisten respektvoll stehen blieben, wenn wir vorbeifuhren. Die Kutsche passierte eine kleine Ansammlung von Leuten, als mir eine Frau ins Auge fiel. Sie stand hinter den anderen und überragte sie um einen Kopf. Ich glaubte zu sehen, wie sie mich anschaute, bevor die Kutsche vorbeigefahren war. Ich lehnte mich tief in Gedanken versunken zurück, obwohl mir vage bewusst war, dass mein Begleiter immer noch redete.

„… nun vielleicht hast du eine andere Meinung, Gabriel. Gabriel?"

„Bitte?"

„Ich fragte dich nach deiner Meinung."

„Ähm", murmelte ich. Mein Kopf war mit dem beschäftigt, was ich gerade gesehen hatte.

„Also … Was denkst du?" 

„Hm? Oh, ich bin ganz deiner Meinung", sagte ich, um ihn zum Schweigen zu bringen.

War sie das? Die große Frau? Es war alles so schnell gegangen, ich konnte nicht sicher sein. Ich schüttelte den Kopf und sagte mir, ich könne nicht so dumm sein anzunehmen, dass es in ganz Spanien nur eine große Frau gab.

Der Friedhof Santa Maria war alt und angehäuft mit traurigen Erinnerungen an die Verstorbenen: weiße Marmorkreuze, Marienstatuen und aus Stein gehauene Heilige in Alabaster thronten heiter über vielen Gräbern lang verstorbener Menschen. Jedes Grab, eingefasst mit einem niedrigen, schmiedeeisernen Zaun, war ordentlich und gepflegt und viele schmückten frische Blumen.

Die Sargträger bahnten sich ihren Weg zwischen den verschiedenen Grabmälern hindurch, und trugen Carlos zu seiner letzten Ruhestätte. Hinter ihnen folgten die Trauernden, eine lange Kolonne von Familie und Freunden, angeführt von seinen Brüdern und Schwestern. Es waren so viele Leute, dass es eine Weile dauerte, bis sie sich alle um das Grab in Carlos' Familiengruft versammelt hatten.

Wir beobachteten still, wie der Sarg in das Grab gesenkt wurde. Da erkannte ich schockiert und bestürzt, das flache, kreisförmige geschnitzte Holzstück wieder, das auf dem Sargdeckel befestigt war:

Es war dasselbe Holzstück, an dem Carlos damals in Madrid geschnitzt hatte, als wir zusammen im Hof gesessen hatten. Ich erinnerte mich an seine Worte: „Ich bin sicher, du wirst es sehen, wenn es fertig ist" – und ich spürte zum ersten Mal, wie sehr ich ihn im Stich gelassen hatte. Er hatte gewusst, dass er sterben würde, es sei denn, jemand – ich – half ihm im Kampf gegen die große Frau. Ich hatte es nicht getan.

Jeder aus Carlos' Familie hob eine Handvoll Erde auf und

warf sie in das Grab. Ich folgte ihrem Beispiel, nahm auch etwas Erde, streute sie über den Sarg und dachte daran, dass ich meinen Freund nie wieder sehen würde. Ich sah mit Tränen in den Augen auf.

Alle Trauernden mir gegenüber waren in Schwarz gehüllt und starrten traurig in das Grab. Und hinter ihnen stand sie, ihr Kopf und ihre Schultern überragten sie alle. Mein allererster Blick sagte mir, dass es die große Frau war. Sie sah genau so aus, wie er sie beschrieben hatte, mit einem gnadenlosen Blick, der sich in meine Seele zu bohren schien, und einem schrecklichen, grinsenden Mund. Sie war schäbig und altmodisch gekleidet und fächelte sich auf eine Weise Luft zu, wie ich sie bereits zu kennen meinte.

Wir sahen einander über das offene Grab hinweg an, sie mit arglistigem Vergnügen, ich mit absolutem Ekel. Sie wusste, dass ich Angst von ihr hatte, und das vergrößerte meine Furcht sogar irgendwie noch.

Mir gelang es, den Blick abzuwenden und die anderen Trauernden zu betrachten. Sah irgendjemand sonst sie an? Keiner. Vielleicht konnte niemand außer mir sie sehen.

Sie begann zu lachen. Sie klappte ihren Fächer zusammen und deutete mit ihm voller Spott auf mich, als ob sie meine Gedanken lesen könnte.

In diesem Moment fragte ich mich, ob mein Glück, mein Leben, meine Seele in Todesgefahr waren – erbte ich den entsetzlichen Fluch? Ich musste mich an die Person neben mir lehnen, um nicht zu Boden zu sinken. Dann entfaltete die große Frau erneut ihren Fächer, fächelte damit vor ihrem Gesicht herum und ging fort.

Da schoss mir ein rettender Gedanke durch den Kopf: Die große Frau war Carlos' Dämon, nicht meiner. Sie hatte ihm einen Schrecken eingejagt, bevor er sie überhaupt gesehen hatte oder wusste, was sie war, einen solchen Schrecken, dass sogar allein der Anblick einer gewöhnlichen Frau ihn halb zu Tode ängstigen konnte. Wie also konnte ich den Fluch erben, wenn ich doch nicht von Anfang an zuerst diese instinktive Furcht vor ihr hatte?

Nein, sie wollte sich hier nur an Carlos' Tod weiden und sie hatte ganz gewiss keine Macht über mich.

Wie zur Bestätigung ging sie zwischen den Denkmälern und Gräbern hindurch weg, verschwand und tauchte wieder zwischen den vielen Grabsteinen und Kreuzen auf, bevor ich sie zum letzten Mal sah. Sie blieb an einem großen Marmorkreuz in der Nähe des Eingangs zum Friedhof stehen und starrte mich mit ihren grausamen Augen an. Ich wich unbewusst zurück. Dann verschwand sie aus dem Blickfeld und ich stieß einen großen Seufzer der Erleichterung aus. Ich war sie los.

Der Gottesdienst am Grab war vorüber und einige der Trauernden gingen. Ich beugte meinen Kopf und sprach ein kurzes Gebet für Carlos und dann – mein Verstand war mit dem beschäftigt, was ich gesehen hatte – entfernte ich mich vom Grab.

Langsam schlenderte ich den Weg entlang, die Hände auf meinem Rücken verschränkt, und redete mit einer Frau mittleren Alters, die sich als Carlos' Tante vorgestellt hatte. Als sie ihre Augen geziert mit einem Spitzentaschentuch betupfte, drückte ich ihr mein Beileid aus.

„Und wie gut kannten Sie meinen Neffen, Señor?“, fragte sie.
„Wir lernten uns auf der Universität kennen, Señora. Ich bin ebenfalls Ingenieur wie er.“
„Oh, Señor, mein Neffe war besessen davon, als Ingenieur zu arbeiten! Er liebte seine Arbeit, er liebte das Entstehen der Eisenbahnstrecken mit all den Brücken und Tunneln!“
„Er war ein hervorragender Ingenieur.“
Leise unterhielten wir uns auf diese Weise und folgten einer Gruppe Trauernder zu den Friedhofstoren, wo die Kutschen darauf warteten, uns zum Familiensitz zu bringen.
Als wir das Marmorkreuz erreichten, wo ich die große Frau das letzte Mal gesehen hatte, passierte es: ein Verfall, der mich seither heimsucht und jeden Tag meines Lebens zur Qual macht, so schlimm wie bei Carlos. Der Pfad wand sich in einer Kurve um das Kreuz und ich starrte auf …
„Aber Señor, was ist mit Ihnen? Sie sehen aus, als ob Sie ein Gespenst gesehen hätten – hier, nehmen Sie meinen Arm“, sagte Carlos’ Tante.
Ich langte blindlings danach, ergriff ihr Handgelenk und packte es so fest, dass es ihr wehgetan haben muss.
„Sind Sie krank, Señor? Soll ich einen Arzt rufen? Brauchen Sie Wasser? Wir bringen Sie zu einer Kutsche.“
Sie versuchte, mich beim Gehen zu stützen, doch meine Beine waren gelähmt vor Furcht und es war unmöglich, mich näher an dieses schreckliche Ding vor uns heranzubewegen. Ich zeigte mit zitternder Hand darauf.
„Fürchten Sie sich vor Hunden?“, fragte sie und lachte. „Ein erwachsener Mann wie Sie? Unsinn, Señor …“

Sie ging zu dem riesigen schwarzen Hund hinüber, der da vor uns auf dem Weg saß, zu diesem großen, sabbernden Hund …

„Husch!“, rief sie, hob ihren Spazierstock hoch und drohte damit. „Husch!“

Die Bestie stand auf und sprang davon. Der Hund drehte seinen Kopf einmal um, starrte mich erneut an und da begann ich, wild zu schreie. Er hatte den gnadenlosen Blick der großen Frau und er bohrte sich in meine Augen. Und dann, mit einer fast menschlichen Überheblichkeit, schlenderte dieses widerliche Wesen seelenruhig zwischen den Gräbern davon.

# Die Tür

Nachdem wir viele Jahre in Indien gelebt hatten, kehrte ich mit meiner Familie 1866 nach Schottland zurück. Meine Ehefrau Agatha fand für uns das perfekte Haus, ein georgianisches Herrenhaus. Wir mochten es, weil es so abgeschieden lag, und sahen einem friedlichen Sommer entgegen, in dem sich nichts Aufregenderes als ab und zu eine Moorhuhnjagd ereignen würde. Nun, wir erlebten mehr als uns lieb war – blankes Entsetzen, ein Entsetzen, das meinem Sohn fast den Tod brachte.

Unser Haus heißt Brentwood und liegt an einem schönen Hang der Pentland Hills, mit Blick auf Edinburgh und den Firth of Forth. Es ist von prächtigen Anlagen umgeben und in einem überwucherten Teil davon steht die Ruine des ursprünglichen Hauses. Es ist ein trostloses Gebäude und unheimlich, in einem furchtbaren Zustand des Verfalls und mit riesigen Zedern ringsum, die sein Fundament herausreißen. Aber die noch sichtbaren Überreste zeigen, wie eindrucksvoll das Haus einmal war. Das Dach und die linken Mauern sind eingestürzt, doch in einer Ecke steht immer noch der Sockel eines Turms, und wenn man das hohe Gras abmäht, stößt man manchmal auf zerbrochene Tontöpfe oder alte Bodenfliesen.



Ein Teil der Ruine hatte eine besondere Wirkung auf mich: ein Türbogen aus Stein, der einsam mitten in den Trümmern und dem Gras stand. Er ragte ziemlich hoch auf und war wohl alles, was von den Gemächern der Dienerschaft geblieben war. Einmal hatte er eine Tür gehalten, eine Tür, die die Wildnis draußen von der Wärme drinnen trennte. Jetzt war er einsam und verlassen, ohne Nutzen.

In unseren ersten Wochen in Brentwood begriff ich nicht, warum mir angesichts des türlosen Eingangs so unbehaglich zumute wurde. Schon wenn ich in seine Nähe kam, überkam mich eine tiefe Melancholie, ganz gleich, wie fröhlich ich nur wenige Minuten zuvor gewesen war. Später konnte ich das nur allzu gut verstehen.

Mitten im Sommer musste ich Brentwood für sechs Wochen verlassen, um einige Geschäfte in London zu tätigen. Während ich in London war, erwähnte Agatha in keinem ihrer Briefe etwas von Schwierigkeiten mit Roland. Deshalb war ich doppelt entsetzt, als ich eines Abends in meine Londoner Unterkunft zurückkehrte – ich war drei Tage lang in Kent bei einem alten Freund gewesen – und einen als dringend gekennzeichneten Brief vorfand sowie ein Telegramm vom gleichen Tag:

**Warum um Gottes willen kommst du nicht? --- Roland geht es schon viel schlechter --- Komm SOFORT zurück --- Agatha**

Ich begann umgehend zu packen und nahm den ersten Zug nach Schottland. Jede Minute der Reise kroch so langsam dahin wie eine Stunde und ich las immer und immer wieder den Brief meiner Frau. Sie schrieb, dass Roland wirklich sehr krank sei. Das erste Anzeichen einer Krankheit war

ihr kurz nach meiner Abreise an dem besonderen Blick in seinen Augen aufgefallen. Zu meinem Entsetzen und meiner Verwirrung beschrieb sie diesen Blick als „gehetzt“.
Dieser gehetzte Blick war Tag für Tag ausgeprägter geworden und bald kehrte Roland an den Nachmittagen aus der Schule „kreideweiß“ im Gesicht zurück und verschwitzt, „der Schweiß strömte ihm über Wangen und Hals“. Er weigerte sich, seiner Mutter zu sagen, was los war. Schließlich rief sie den Arzt, Dr. Simson, der Roland Bettruhe verordnete. Seitdem bekam er immer wieder gefährlich hohe Fieberanfälle.
Ich erreichte Edinburgh im Dämmerlicht eines Sommerabends. Die Kutsche, die mich nach Brentwood brachte, schien den dunklen Landstraße entlang zu schleichen, obwohl die Pferde fast galoppierten. Ich musste stets daran denken, dass Roland tot sein könnte.
Als die Pferde endlich den Kiesweg von Brentwood hinaufdonnerten, sah ich meine Frau an der Tür auf mich warten. Ich sprang aus der Kutsche.
„Er schläft“, flüsterte sie und ich schloss kurz meine Augen vor Erleichterung.
Ich saß mit Agatha im Zimmer neben Rolands Schlafzimmer und erfuhr mehr über seine Krankheit. Was ich hörte, beunruhigte mich mehr, als ich es beschreiben kann. Dr. Simson gegenüber beharrte Roland darauf, nicht wirklich krank zu sein, er fürchte sich nur so vor etwas und *das* mache ihn krank.
„Wovor hat er Angst?“, fragte ich sie.
„Vor einer Stimme, einer Stimme in der Ruine, unheimlich

und verzweifelt. Er sagt, sie komme von irgendwoher und dass sie *keinen* Körper habe!"

Natürlich hatte das Simson noch mehr in seiner Überzeugung bestärkt, dass der Junge ernsthaft krank war. Ich fragte Agatha, was denn die Stimme sagen würde. Die Augen meiner Frau füllten sich mit Tränen und sie schüttelte den Kopf, als ob es zu schmerzlich für sie wäre, mir das zu erzählen.

In dem Moment schrie Roland in solch panischer Angst voller Schrecken los, dass ich erschrocken auf die Füße sprang. *„Oh, Mutter, lasse mich herein! Mutter, Mutter, lasse mich herein!"*

„Was meint er?“, flüsterte ich entsetzt. „Was meint er mit ‚Lasse mich herein‘?“
Doch Agatha war zu durcheinander, um antworten zu können.
Ich ging zu meinem Sohn, der aufrecht im Bett saß, zitterte und schwitzte und sein Bettzeug bis zum Kinn hoch gezogen hatte. Sein Haar war feucht und strähnig und seine Augen sahen aus, wie die eines ängstlichen Kaninchens. Der Albtraum, wenn es einer gewesen war, hatte ihn in Schock versetzt. Langsam wandte er mir sein Gesicht zu, und als er mich wahrnahm, gelang ihm ein Lächeln.
„Papa, du bist da.“
Ich setzte mich auf die Bettkante, hielt seine Hand und fühlte das rasende und wilde Hämmern seines Pulses.
„Oh Papa, der Doktor versteht nichts!“, schnaufte er aufgeregt. „Er verordnet mir jeden Tag Bettruhe, er – ich – ich bin wirklich nicht krank, Papa! Das musst du ihm erklären!“
„Wir reden später darüber, Roland“, murmelte ich, um ihn zu beruhigen, aber er war zu aufgewühlt und am Ende hatte ich keine andere Wahl, als ihn ausreden zu lassen.
„Papa, ich bin nicht krank! Es ist nur so, dass ich jemanden draußen hören kann, der fürchterlich leidet, und seine Stimme ruft mich. Aber wenn ich nachsehe, ist niemand dort! Ich halte das nicht aus!“
Seine Augen blitzten so wild und sein Gesicht war so weiß, dass mir bang ums Herz wurde. Er sah halb verrückt aus. 
„Und was sagt die Stimme, Roland?“, fragte ich, obwohl ich mir ziemlich sicher war, dass ich das bereits wusste.

Er richtete sich im Bett auf, rückte sein Gesicht nahe an meines und sah mir direkt in die Augen, als er mir die Worte mit so viel Kraft *entgegenschrie*, dass es mich schüttelte.

*„Oh, Mutter, lasse mich herein! Lasse mich herein, Mutter, lasse mich herein!“*

Hatte er Halluzinationen? Einen extremen Fieberanfall? War es Wahnsinn?

Ich konnte es nicht sagen. Und ich dachte, es sei am klügsten zu behaupten, ich würde ihm glauben.

„Das ist sehr beunruhigend, Roland. Dagegen muss etwas unternommen werden.“

„Ich wusste, dass *du* mich ernst nehmen würdest, Papa. Dieser Doktor glaubt mir nicht, aber du schon, nicht wahr?“

„Ich bin ganz sicher, dass dich tatsächlich etwas sehr erschreckt hat. Vielleicht hat sich da draußen ein Kind verlaufen“, meinte ich.

Mein Sohn packte mich plötzlich an der Schulter und klammerte sich mit seiner kleinen Hand daran fest.

„Aber was, wenn es keine lebende Person ist?“, flüsterte er. „Was, wenn es ein Geist ist?“

Ich fühlte mich noch verzweifelter, wenn das überhaupt möglich war. Es ist unerträglich, jemanden, den man so sehr liebt, in einem derart hysterischen Zustand zu sehen.

„Papa, versprich mir, dass du ihm hilfst! Versprich es mir! Er ist in schrecklichen, schrecklichen Nöten! Er ist da draußen, ganz allein und *leidet*! Ich halte das nicht aus!“

Er brach in Tränen aus und ich hörte, wie ich versprach,

zusicherte, *gelobte*, dem Geist zu helfen. Sobald ich das getan hatte, verebbte sein Schluchzen und bald war er völlig ruhig und fast fröhlich.

„Ich wusste, dass du wissen würdest, was zu tun ist“, sagte er. Er schlief erschöpft ein.

Ich war der verwirrteste Mensch weit und breit. Die Gesundheit meines Sohn hing davon ab, ob es mir gelang, einem Geist zu helfen. Selbst wenn ich davon ausging, dass der Geist existierte, was ich nicht tat, wie sollte ich ihm helfen? Was sollte ich tun?

Ich beschloss, die Ruinen sofort aufzusuchen, und nahm meinen Butler Bagley mit. Bagley war ein großer, imposanter Mann, der seit mehr als fünfzehn Jahren auf die eine oder andere Weise in meinem Dienst stand. In Indien war er mit mir als Soldat gewesen, hatte mehrere Male dem Tod ins Auge geblickt. Er war einer der zuverlässigsten Menschen, denen ich je begegnet war.

Ich bat ihn, eine Laterne mitzunehmen, und wir brachen auf. Es war ziemlich dunkel, doch als wir an der Ruine ankamen, entschied ich, das Licht zu löschen. Ich rechnete zwar nicht wirklich damit, jemanden zu finden, doch wenn es irgendeinen Eindringling gab, der meinen Sohn zu Tode erschreckte, dann wollte ich ihn erwischen. Wir standen neben dem Sockel des Turmes unter einer Zeder, die den Himmel auszufüllen schien.

„Bagley“, flüsterte ich, „wenn Sie irgendjemanden sehen oder hören, dann ergreifen sie ihn.“

„Ja, Sir."

Wir gingen in dem zerfallenden Gebäude umher. Die Dunkelheit war beunruhigend und das leise Säuseln des Windes wirkte unheimlich.

Die Ruine war bei Nacht sicher ein sehr düsterer Ort und ich hielt mich dort nur äußerst ungern auf. Wäre ich allein gewesen, wäre ich wahrscheinlich nach Hause gegangen und am Morgen zurückgekommen. Aber Bagley war ein guter Mann in schwierigen Situationen, ruhig und unerschütterlich.

Plötzlich stieß ich mit etwas zusammen und konnte einen kleinen überraschten Aufschrei nicht unterdrücken. Ich tastete mit meinen Händen nach vorn und spürte, dass ich gegen den alten Eingang gestoßen war. Die Melancholie, die ich immer an dieser Stelle fühlte, schwappte über mich. Und dann hörte ich es – ohne Vorwarnung.

Das Blut gefror mir in den Adern. Kalt lief es mir den Rücken hinunter. Ganz in der Nähe, dicht vor unseren Füßen seufzte es. Kein Stöhnen, kein Ächzen, nichts dergleichen. Es war ein Seufzen, doch so furchtbar anzuhören, wie man es sich nicht vorstellen kann. Ich sprang wie ein angsterfülltes Tier zurück, hörte es dann ein zweites Mal. Ein langes, leises Seufzen, das eine unsagbare Last der Traurigkeit in die stille und einsame Nacht entließ.

Mich fröstelte, eisig kroch es mir von den Haarspitzen bis in die Zehen hinunter. Das Entsetzen steigerte sich, als sich das Seufzen in ein Klagen voll menschlicher Not und Pein verwandelte. Es ließ mir das Blut in den Adern gerinnen.

Meine Hände zitterten, dennoch gelang es mir, meine Laterne anzuzünden. Wir befanden uns im Innern, dort wo die Gemächer der Dienerschaft gewesen sein mussten, von denen nichts außer dem Eingang übrig geblieben war. Das Geräusch kam vom Türbogen her.

Ich sah Bagley – er lag auf dem Boden und presste sich die Hände auf die Ohren. Er weinte. Der Anblick schockierte mich derart, dass ich die Lampe fallen ließ und sie erlosch. Ich musste also auf Händen und Knien im Eingang herumtasten, um sie wieder zu finden. Ich kniete genau dort, woher das Geräusch kam.

Es schrie und schluchzte, als ob es um sein Leben flehte oder um etwas, das sogar noch bedeutender war als das Leben. Dann sprach es die Worte und ich zitterte vor Entsetzen.

*„Oh, Mutter, Mutter! Lasse mich herein! Lasse mich herein, Mutter, lasse mich herein!“*

Dieses Rufen, dieses Flehen war unerträglich, dort im leeren Torbogen der Ruine. Es ging immer weiter. Kein Wunder, dass Roland aus Mitleid und Furcht außer sich war! Endlich erstarben die Worte und gingen in ein Schluchzen und Stöhnen über.

„Im Namen Gottes“, schrie ich und kniete immer noch im Eingang, „wer sind Sie?“

Ein großer schwarzer Schatten schwankte auf mich zu und erschreckte mich fürchterlich – Bagley.

„Kommen Sie herein!“, kreischte er. „Um des Mitleids willen, was auch immer Sie sind, tun Sie es, und treten Sie ein!“

Er stolperte über mich und fiel. Ich fing ihn halb auf und ließ ihn langsam auf den Boden sinken.

Die Stimme erstarb. Ich schwöre, es schien so, als ob sie sich entfernte, um das Landhaus zu verlassen und in die Gärten und die Nacht hinauszugehen.

Für einige Minuten lag ich einfach nur da, mehr oder weniger auf Bagley, und sprach mir selbst neuen Mut zu. Dann tastete ich nach meiner Lampe. Als ich sie entzündete und
 Bagleys Gesicht betrachtete, sah ich, dass der Mann halb verrückt vor Angst war.

Ich hatte etwas Weinbrand dabei, der ihn wieder ein wenig

belebte. Es war ein beunruhigender und erstaunlicher Anblick, diesen einst so tapferen Soldaten in einem derart Mitleid erregenden Zustand zu sehen.

Ich half ihm zum Haus zurück, wo ich einige der anderen Diener bat, ihn zu Bett zu bringen. Dann ging ich in die Bibliothek und saß nur da. Eine schreckliche Nacht! Und ich hatte keine Ahnung, was zu tun war. Ich wusste nicht, was ich Roland sagen sollte.

„In Ihrem Haus herrscht eine Epidemie, Mortimer“, sagte Dr. Simson am nächsten Tag. Er kam jeden Morgen, um nach Roland zu sehen. „Erst fantasiert Ihr Sohn von einer Stimme und nun auch Ihr Butler, ganz zu schweigen von all den anderen Dienern, die in heller Aufregung sind – und wenn ich mich nicht täusche, sind Sie ebenfalls dabei, sich anzustecken!“

Simson war ein sehr rationaler Mann, der davon ausging, dass jede Wirkung eine Ursache hatte, und der ganz und gar der Wissenschaft vertraute. Mir gefiel es nicht, von ihm verspottet zu werden.

„Schön, da Sie uns nicht alle ins Bett stecken können“, sagte ich, „sollten Sie vielleicht für einige Minuten Ihren Unglauben aufgeben und hören, was letzte Nacht geschehen ist.“

Er zuckte die Schultern, lauschte aber schweigend meiner Geschichte. Ich sagte ihm die Wahrheit, doch am Ende war er absolut nicht überzeugt.



„Mein Lieber!“, rief er derart herablassend aus, dass es

mein Blut zum Kochen brachte. „Mein Guter, ich habe dieselbe Geschichte von Ihrem Jungen gehört! Und zweifellos wird mir Ihr Butler, wenn er geistig so weit wiederhergestellt ist, dass er einen zusammenhängenden Satz formulieren kann, genau dasselbe erzählen! Wie ich sagte, ist es eine Epidemie! Jedes Mal, wenn eine Person Opfer dieser Wahnvorstellung wird, kann ich Ihnen garantieren, dass eine andere bald darauf folgt!"

„Na schön", antwortete ich und versuchte, die Ruhe zu bewahren, „gehen wir davon aus, dass es sich um eine Wahnvorstellung handelt. Wie erklären Sie es sich?"

„Es kommen viele Dinge in Betracht. Es könnte ein Phämomen sein, das durch den Wind hervorgerufen wird oder ein Echo oder eine akustische Störung oder ein …"

„Begleiten Sie mich heute Abend und beurteilen Sie es selbst."

Dr. Simson lachte laut. „Um als der Geisterjagd-Doktor bekannt zu werden? Das würde meinen Ruf ruinieren!"

„Da haben wir es", verspottete ich ihn. „Sie benutzen die Sprache des Wissenschaftlers, um dieses Phänomen zu verspotten, und doch weigern Sie sich, die Aussagen zu überprüfen! Nennen Sie das Wissenschaft?"

„Na schön", sagte er nach einem Moment mit der bedachten Stimme eines Mannes, der seinen Ärger verbirgt. „Aber ich warne Sie, ich werde beweisen, dass das alles Unsinn ist."



„Nichts wäre mir lieber", antwortete ich.

Wir verabredeten uns für kurz vor Mitternacht und Dr. Simson ging äußerst verärgert seiner Wege.

„Ich nehme an, als Nächstes werden Sie dafür sorgen, dass es hier überall von Priestern und Bischöfen nur so wimmelt“, feuerte er zum Abschied noch ab, „die Kruzifixe hoch halten, Teufel exorzieren und Dämonen vertreiben! Alles dummes Zeug und Unsinn, Mortimer! Stuss und Unsinn!“

Ich konnte lachen, doch in Wirklichkeit war Simsons Spöttelei ziemlich prophetisch. Als ich meiner Frau von den Ereignissen des Vorabends erzählte, waren ihre ersten Worte: „Wir müssen einen Geistlichen, einen Mann Gottes rufen!“

Ich muss zugeben, dass ich in diesem Punkt mit Simson übereinstimmte. Ich mochte mir nur widerwillig vorstellen, wie ein Priester über mein Anwesen wanderte und einen Weihrauchkessel über meine Rhododendren schwenkte, während er alte lateinische Sprechgesänge anstimmte.

Agatha war jedoch unnachgiebig. Sie forderte mich auf, einen Geistlichen namens Dr. Moncrieff zu kontaktieren, einen sehr alten Mann, lange im Ruhestand, der einige Meilen entfernt allein in einem abgeschiedenen Häuschen lebte.

„*Er* wird wissen, was zu tun ist“, sagte meine Frau voller Zuversicht, ganz so wie Roland, als er meinte, *ich* würde wissen, was zu tun sei.

„Vielleicht ist das Ihre gefürchtete Stimme, Mortimer!“ Simson lachte und klopfte mir kräftig auf den Rücken, als eine Eule schrie.

Wir standen mit Dr. Moncrieff vor dem Türbogen. Ein

schmaler Mond lugte oben durch die Wolken und ich sah gelegentlich Fledermäuse durch sein Silberlicht flattern. Simson blieb von der traurigen Stimmung des Ortes völlig unberührt, machte Witze und hielt an seiner fröhlichen Spöttelei fest. Ich fand Simsons Scherze nicht lustig, andererseits – nur ich wusste, was uns erwartete und wie schrecklich es war.

Simson war absolut empört gewesen, als ich in Begleitung des Geistlichen kam. Falls Dr. Moncrieff Simsons Feindseligkeit spürte, so zeigte er es nicht. Dr. Moncrieff hatte den ganzen Abend über kaum zwei Worte gesprochen.

Als ich ihn früher am Tag aufgesucht hatte, hatte er aufmerksam meiner Geschichte zugehört, tief geseufzt und gesagt: „Vielleicht zeigt uns der Herr einen Weg, Colonel Mortimer."

Nun warteten wir auf den Geist. Die Landschaft war gut ausgeleuchtet, weil wir alle drei eine Lampe oder Laterne mitgebracht hatten. Seit über einer Stunde warteten wir bereits, woran mich Simson allzu oft erinnerte.

„Es ist immer das Gleiche", sagte er und schüttelte den Kopf. „Gespenster, Geister, spiritistische Sitzungen, Medien … Die Gegenwart eines Skeptikers beweist bald, dass das Übernatürliche nicht existiert. Sie erstaunen mich, Mortimer, wirklich, Sie erstaunen mich sehr. Das Einzige, was wir heute Nacht vermutlich hören werden, ist …"

Auf dieser Schiene fuhr er fort, während ich schwieg und in die Schwärze hinausstarrte. Ich war abgrundtief enttäuscht und, ja, sehr verlegen.



„Mysteriöse Erscheinungen scheinen meine Gesellschaft

nicht zu mögen“, sagte Simson und genoss ausgiebig seinen Sieg. „Warum, glauben Sie, Mortimer, ist das so? Hm?“ Er lachte in sich hinein, zündete dann eine Zigarre an.

Ich war über sein Desinteresse mehr als wütend. Was auch immer er persönlich über die Existenz des Geists dachte, Tatsache war, dass ein ungeklärtes Etwas meinen Sohn an den Rand des Todes gebracht hatte.

„Nein“, entschied er für sich und seufzte, „ich bin bei unseren übernatürlichen Freunden nicht beliebt, aber wir werden hier ausharren, so lange Sie mögen. Man soll nicht behaupten können, Doktor Andrew Simson hätte der Erscheinung nicht jede Chance eingeräumt. Sie werden keine Klagen von mir hören, Mortimer. Nicht ein Wort. Nicht einen Pieps.“ Er hielt inne. „Aber wenn Sie tatsächlich denken, wir hätten die frostige Nacht hier lang genug genossen, lassen Sie es mich wissen, ja? Sie sind ein guter Kerl.“

Ich war fuchsteufelswild und hätte gewiss sehr unhöflich geantwortet, wäre nicht genau in dem Moment, als Simson verstummte, ein unheimliches Stöhnen zu hören gewesen.

„Machen Sie keine albernen Späße, Mortimer“, sagte Simson böse.

„Ich kann Ihnen versichern, das war ich nicht“, antwortete ich ebenso feindselig. „Wie könnte ich ein derartiges Geräusch zu Stande bringen? Es klingt, als ob es aus der Ferne kommt.“

„Wahrscheinlich ist es Ihr verdammter Pfarrer.“



Das schwermütige Geräusch schien sich uns aus einiger Entfernung von den Anlagen her zu nähern. Wir lauschten aufmerksam. Das Geräusch wandelte sich zu kleinen

Schnaufern und in heftiges Schluchzen und kam näher und näher, als ob ein verzweifelter Mensch auf uns zuginge.
„Da draußen ist ein Kind!“, flüsterte Simson eilig. „Was hat ein Kind so spät da draußen zu suchen?“
Ich blieb still. Ich wusste, es war kein Kind, zumindest kein lebendiges.
Simson schritt durch den leeren Torbogen und leuchtete mit seiner Lampe.
„Wir werden bald sehen, wer es ist. Es gibt nichts Besseres als Licht, um einen Geist herauszulocken!“
Aber das Licht erleuchtete nur, was wir bereits sehen konnten: die zerfallenen Wände um uns herum, die Wurzeln der Zedern, die im Dunkel verschwanden, und der schwach erkennbare Pfad, der zum Türbogen führte. Jetzt war die Stimme nur wenige Zentimeter entfernt. Sie begann ein trauriges Wimmern, das Simson auf seine Knie fallen ließ.
„Was in aller Welt ist das?“, rief er mir zu, gerade als sie in tief durchdringendem, unerträglichen Kummer zu heulen und zu kreischen begann.
Simsons Körper – ich sage, sein Körper, weil er mir als die genaueste Beschreibungsmöglichkeit seiner Reaktion erscheint – Simsons Körper verkrampfte sich vor Entsetzen, seine Glieder zuckten fürchterlich, und sein Kopf schlug auf seinen Schultern auf, bevor die Stimme jammernd die Bitte vortrug, die ich schon tausendmal gehört zu haben meinte – eine Bitte, die beantwortet werden musste, wenn es Roland besser gehen sollte.
*„Oh, Mutter … Oh, Mutter, Mutter, lasse mich herein, Mutter! Lasse mich herein, lasse mich herein!“*

Ich packte Simson und zog ihn von dem Türbogen fort. Der Krampf war vorbei. Er starrte mich ungläubig an und hielt meine Hand fest wie ein angsterfülltes dreijähriges Kind, starrte dann zurück zur leeren Türöffnung und versuchte zu erblicken, was nicht zu sehen war. Die Stimme war körperlos.

Da hörte ich, wie Dr. Moncrieff die Stimme in erstauntem, widerhallenden Ton anrief. „William! William! Oh, Gott stehe uns bei, William! Bist du es wirklich?“

Diese schlichten Worte bestürzten mich. Ich glaubte, der alte Mann sei verstört wie Bagley und vor Schreck verrückt geworden.

Ich ließ Simson allein und eilte zum Pfarrer hinüber. Seine große Laterne stand zu seinen Füßen und erleuchtete seine Gestalt auf die sonderbarste Weise.

„Alles in Ordnung?“, schrie ich und packte ihn bei den Armen.

Er antwortete nicht und schüttelte mich grob ab, damit er sich auf die Stimme konzentrieren konnte.
Sein Gesicht war bleicher, als ich mir je ein menschliches Gesicht vorstellen hätte können. Er streckte seine Hände nach vorn aus, und obwohl sie zitterten, war ich mir plötzlich absolut sicher, dass er sich nicht fürchtete. Inzwischen war die Stimme in ein elendiges Schluchzen verfallen, das mich in Trauer und Verzweiflung stürzte.
Wieder rief Dr. Moncrieff sie an.
„Warum bist du hergekommen, William, und erschreckst diese Fremden mit deinem Jammern? Deine Mutter ist nicht hier, Junge! Sie kann dich nicht hereinlassen! William, höre auf, diese arme zerfallene Tür heimzusuchen!"
Das Schluchzen der Stimme wurde lauter und, wenn das möglich war, sogar noch verzweifelter. Der Pfarrer schloss die Augen und verharrte still für einen Moment, als ob er aus inneren Kräften schöpfte.
„Geh nach Hause, du umherziehender Geist!", befahl er plötzlich in kraftvollem, schallendem Ton. „Geh nach Hause! Deine Mutter ist beim Herrn, William. Er lässt dich ein, obwohl es spät ist. Hast du gehört?"
Er sank auf die Knie. Ich kniete ebenfalls. Das Schluchzen der Stimme verklang allmählich.
„Lieber Gott", rief der Pfarrer in die Nacht, „nimm diese verlorene Seele in Dein himmlisches Reich auf! Halte ihn fest umschlossen in Deiner immer währenden Liebe!"
Genau in dem Augenblick, als der Pfarrer das Wort „Liebe" sagte, sprang ich unwillkürlich vorwärts und stürzte in Richtung Türbogen, um etwas zu fangen, von

dem ich glaubte, dass es eine heftige Bewegung gemacht hatte.

Dort war nichts, doch die Illusion war so stark, dass ich gegen den Eingang stieß und mit meinem Kopf und meiner Schulter auf dem rauen Stein aufschlug.


Später, viel später, als ich in der Lage war, über dieses seltsame Ereignis nachzudenken, schloss ich, dass ich irgendwie *gespürt* hatte – das ist einzige Wort, das es halbwegs beschreiben kann – *gespürt*, wie eine Seele von einem zum anderen Ort gewandert war.

Ich lag auf dem Boden, für einen Moment halb benommen, bevor Simson mir aufhalf. Er zitterte und war eiskalt, sein Mund stand offen, und als er sprach, klang es schwerfällig. „Sie ist, sie ist fort!“, flüsterte er.

Wir sahen beide den Pfarrer an, der noch immer kniete, das Licht strahlte um sein langes weißes Haar wie ein Heiligenschein. Seine Arme hatte er zu dem unsichtbaren Himmel über uns erhoben.

Eine seltsame und feierliche Ruhe ergriff uns. Der Pfarrer war sich unserer Gegenwart nicht bewusst. Ich werde nie erfahren, wie lange Simson und ich dort standen und ihn beobachteten wie ehrfurchtsvolle Wachen. Aber schließlich erhob er sich von seinen Knien, seufzte tief, nahm seine Laterne auf und wandte sich ab.

Er wanderte zu seinem kleinen Steinhäuschen, das eine Meile entfernt hinter den Hügeln lag. Wir schritten hinter ihm her und begleiteten ihn schweigend bis zu seiner Tür.

Der Himmel war klarer, als er seit vielen Nächten gewesen war, er leuchtete hoch über den Bäumen und hier und dort schimmerte klar und schwach ein Stern. Die Luft war sanft und heiter. Die Natur schien wieder im Einklang mit sich zu sein.

Ich dachte an Roland und lächelte.

Ich besuchte Dr. Moncrieff einige Tage später. Er lauschte höflich meinen eifrig vorgetragenen Dankesreden und schien erfreut zu hören, dass es Roland besser ging und er sich gänzlich erholen würde.

Aber zuerst schien er widerwillig und wollte über die erstaunlichen Ereignisse an dem Türbogen nicht reden. Und da ich ihn nicht drängen wollte, beschloss ich bald, es sei an der Zeit, nach Hause zu gehen.

„Nun gut, Colonel Mortimer, ich nehme an, Sie wollen etwas über William erfahren", sagte er plötzlich, als ich meinen Mantel anzog.

Ich nickte.

„Er lebte hier in der Gegend. Er war ein sehr junger Mann, als ich noch ein sehr junger Mann war", sagte Dr. Moncrieff und lächelte, „was Ihnen deutlich machen soll, wie lange das zurückliegt. Aber er war schwach, egoistisch und ein Taugenichts. Er bereitete seiner Mutter immer nur Kummer und Probleme. Eines Tages dann – ach, wie lange ist das her – eines Tages verließ er seine arme kleine Mutter, die nun für sich selbst sorgen musste. Die hohen und mächtigen Herrschaften in dem alten Haus waren schon lange fort – das Gebäude verfiel mehr und mehr – und nur Williams Mutter, die eine Bedienstete gewesen war, blieb. Und William ging fort. Wohin weiß keiner."

Der alte Mann seufzte und schüttelte den Kopf.

„Zwanzig Jahre verstrichen, bevor er zurückkam. Zwanzig Jahre! Und er war reich, Colonel Mortimer, reich und jedes Pfund und jeden Penny davon hatte er sich durch Fleiß erarbeitet, denn er hatte sich vom wilden Sprössling zum Mann gewandelt. Nur, er hatte die Rückkehr in seine Heimat Jahr für Jahr aufgeschoben, bis es zu spät war. Seine arme Mutter war unter der Last ihrer Armut zerbrochen. Sie starb nur zwei Tage, bevor William zurückkehrte. Es war eine Tragödie. Es gab eine schreckliche Szene", seufzte er.

„Ich war gerade in mein Amt als Pfarrer eingesetzt worden und hierher gekommen und sie brachten mich zum alten Haus hinüber. Und dort war er, tobte vor Kummer, warf sich gegen die Tür und bat um Einlass. Ach ja. Ich hätte damals nicht gedacht, dass ich diese Szene noch einmal erleben würde – und das mehr als sechzig Jahre später!"

„Was geschah mit ihm?", fragte ich.

„Er hat das nie verkraftet. Danach begann er zu trinken, Colonel Mortimer, verspielte sein Vermögen und starb."

Diese Ereignisse liegen nun viele Jahre zurück. Ich freue mich, sagen zu können, dass Roland zu einem starken, gesunden Mann herangewachsen ist und eine Ehefrau und eine eigene Familie hat. Sie besuchen uns, wann immer sie können.

Agatha und ich verbringen unsere Zeit ebenfalls gut. Wir werden natürlich alt und unternehmen weniger als früher. Aber in den wärmeren Monaten gehen wir täglich spazieren. Und wenn wir an der alten Ruine vorbeikommen, denke ich an William, die gequälte Seele, die vor der Tür jammerte, die es nicht mehr gab, Nacht für Nacht, Jahr für Jahr, und von der niemand Notiz nahm, bis Roland kam.

Agatha wird nie müde, davon zu hören, es berührt sie sehr stark, doch Simson – ich fürchte, Simson nennt es: „Nichts als ein Haufen Mumpitz". Er kam erst neulich nach Brentwood, um meine lästigen Beschwerden in der Brust zu behandeln, an denen ich immer wieder leide. Und er lehnte es tatsächlich rundheraus ab zuzugeben, wovon wir beide wissen, dass es vor all den Jahren geschah.

„Stuss und Unsinn", sagte er kurz. „Es war schlicht die Vereinigung bestimmter elektrischer Impulse, die in Verbindung mit höchst ungewöhnlichen atmosphärischen Bedingungen eine sehr seltene, aber ganz natürliche hörbare Wirkung hervorriefen. Ich habe es damals gedacht und habe meine Meinung seitdem nicht geändert. Es braucht schon mehr als einen Windstoß und einen hergelaufenen Hexendoktor, um *mich* dazu zu bringen, an Geister zu glauben. Und jetzt machen Sie den Mund auf, Mortimer, und sagen Sie ‚Aaaaah'."

„Aaaaah", machte ich.

Die Jahre bescherten Simson die Entschuldigung, die er braucht, um die Geschehnisse dieser Nacht leugnen zu können. Heute leben wir in einem neuen Zeitalter, mit Telefon und elektrischem Licht und sogar mit Wagen ohne Pferde, und Simson hat das mit offenen Armen begrüßt. Für ihn ist die Wissenschaft der neue Gott und in der Lage, alles zu erklären. Doch andererseits, wie Roland mir als kleiner Junge so treffend zu verstehen gegeben hat, versteht Simson eben überhaupt nichts.

# An der Themse um Mitternacht

# Das Fresko

Die Leute denken, ich sei sonderbar, weil ich immer diesen hohen, altmodischen Kragen trage. Ich weiß, dass sie darüber hinter meinem Rücken ihre Witze machen, während sie mir ihr Erstaunen darüber, dass ich ihn sogar an den heißesten Sommertagen noch trage, ins Gesicht sagen. Kurz gesagt, fragen sich die Leute stets: Warum? Ich antworte nie. Denn wüssten sie, was mein Kragen verbirgt, wären sie entsetzt. Würde ich meinen Kragen abnehmen, würden sie höchst wahrscheinlich loskreischen.

Ich bin Architekt und Kunstkritiker. Zehn Jahre sind es nun her, als man mich bat, einen Vortrag über mein Lieblingsthema zu halten: über englische Fresken. Ein Fresko ist ein auf eine Wand gemaltes Bild mit meist religiösem Inhalt. Und es gibt über ganz England verstreut einige Beispiele.

Als ich für meinen Vortrag das Buch „Das englische Fresko in den nördlichen Grafschaften“ las, stieß ich auf eine unten auf eine Seite gekritzelte Notiz: Wetwaste, Yorkshire – wahrhaft exquisites Beispiel für frühes englisches Fresko in Kirchenkrypta.

Ich beschloss sofort nach Wetwaste zu reisen, um mir dieses „exquisite“ Fresko anzusehen.

Die Reise mit dem Zug und der Postkutsche war so ermüdend wie erwartet. Und am Ende stand ein Fußmarsch von fünf Meilen durch ein gottverlassenes Moor zum abgelegenen Dorf Wetwaste. Ich war völlig erschöpft, als ich ankam, doch Brin, mein Hund, hatte den Spaziergang sehr genossen. Brin sah aus wie ein Wolf und hatte auch Wolfszähne, war jedoch in Wirklichkeit sanft wie ein Kätzchen.

Wetwaste war der trostloseste, erbärmlichste Flecken, den man sich vorstellen kann. Zwei lang gezogene Reihen grauer Häuschen säumten die einzige, schlammige Straße. An ihrem einen Ende befand sich ein heruntergekommenes Gasthaus und am anderen eine düstere Kirche.

Völlig ausgelaugt ging ich in das Gasthaus und fragte nach einem Zimmer. Es hätte mich nicht überrascht, wenn ich seit vielen Jahren der erste Fremde gewesen wäre, der sich in dieses Dorf verirrt hatte, denn meine einfache Frage wurde mit großem Erstaunen aufgenommen.

Am Morgen, während ich ein Frühstück aus Brot und Käse zu mir nahm, beobachteten mich die Familie des Gastwirts und ein halbes Dutzend Dorfbewohner, als ob ich ein exotisches Tier aus einem unbekannten Land wäre. Ich erinnere mich vor allem noch an ein kleines Mädchen mit schmutzigem Gesicht und nackten Füßen, das mich mit großen Augen anstarrte. Ich war erleichtert, als ich mit dem Frühstück fertig war und den Geistlichen des Ortes aufsuchen konnte. Der Pfarrer wohnte hinter der Kirche in einem

Pfarrhaus, das aus demselben graubraunen Stein gebaut war wie alles andere im Dorf. Ein alter Diener führte mich in ein kleines, mit Büchern voll gestopftes Arbeitszimmer, wo sein ebenso alter Herr in einem Sessel döste.
„Gütiger Himmel“, rief er und schreckte hoch, als mich sein Diener meldete.
„Bitte entschuldigen Sie die Störung.“
Ich stellte mich vor und nach dem Austausch der üblichen Höflichkeiten erklärte ich ihm, dass ich hoffte, mir das Fresko in der Krypta der Kirche ansehen zu können.
„Die Krypta?“, wiederholte er ungläubig. „Sie ist vor beinahe fünfzig Jahren verriegelt worden.“
„Könnten Sie mir den Schlüssel geben?“
Er schüttelte den Kopf.
„Warum nicht?“
Er wirkte fast ängstlich, als er sich in seinen Sessel zurücklehnte.
„Ich kann Ihnen nicht sagen, warum. Sie würden mir nicht glauben.“
Von mir sagt man, dass ich immer das bekomme, was ich mir in den Kopf gesetzt habe. Ich ließ also meinen Blick durch das vollgestopfte Arbeitszimmer gleiten und suchte nach etwas, durch was ich den alten Mann auf meine Seite ziehen könnte. Mir fiel auf, dass viele Vogelbücher in den Regalen standen.
„Gibt es hier Wanderfalken?“, fragte ich.
„Oh ja! Wunderbare Vögel, Mr ... ähm ...“
„Blake.“
„Interessieren Sie sich für Vogelkunde, Mr Blake?“
„Ja, leidenschaftlich“, log ich.

Seine Augen leuchteten.

„Setzen Sie sich, machen Sie es sich bequem. Möchten Sie vielleicht eine Tasse Tee?"

Wir redeten – besser gesagt: Zum Glück redete er über Vögel: Fliegenschnäpper und Finken, Seetaucher und Gänse, Grasmücken, Watvögel und Bachstelzen. Innerhalb von einer halben Stunde klopfte er mir freudig auf den Rücken und behandelte mich wie einen alten Freund. Ich sprach die Sache mit der Krypta noch einmal an.

„Ach", sagte er und seufzte melancholisch. „Bitte haben Sie Verständnis dafür, Mr Blake, dass die Krypta die Dorfbewohner ängstigt. Vor langer Zeit ist nämlich etwas geschehen ... und die Dorfbewohner wären entsetzt, wenn sie wüssten, dass die Krypta geöffnet wird. Die Leute hier sind sehr abergläubisch."

„Wer müsste es außer uns erfahren?", fragte ich.

„Ja ... ich bin nicht sicher."

„Die Kirche von England hat doch Aberglauben stets missbilligt, oder?", fragte ich unschuldig.

„Ja ... Ich selbst glaube natürlich nicht an diesen Aberglauben ..."

„Kein Mann von Ihrer Intelligenz könnte das", murmelte ich.

„Äh, sicher", antwortete er zögernd.

Er stand auf, öffnete einen Eichenschrank in der Ecke und nahm zwei Schlüssel heraus. Er hielt kurz inne, schwenkte sie in seinen Fingern und wandte sich mir dann zu.

„Ich gebe Ihnen diese Schlüssel", sagte er ernst, „aber nur unter der Bedingung, dass Sie mir etwas garantieren."

„Selbstverständlich. Gern."

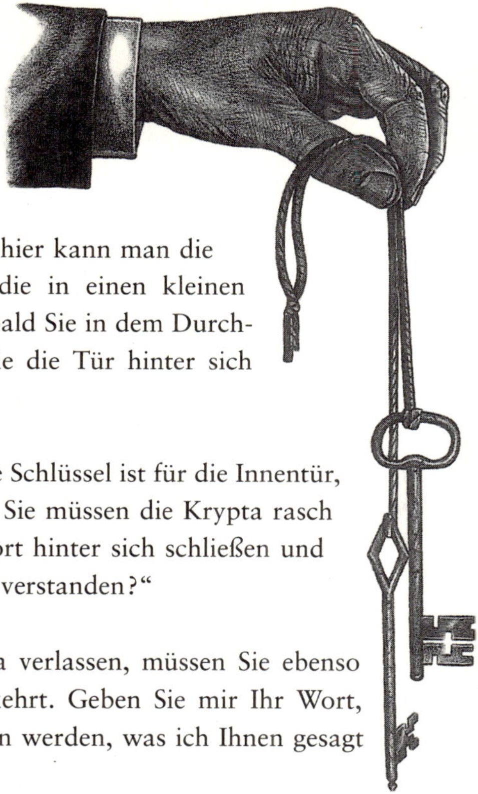

„Die Krypta befindet sich am Fuße der Treppe außerhalb der nördlichen Kirchenmauer. Es gibt zwei Türen. Mit diesem Schlüssel hier kann man die äußere Tür öffnen, die in einen kleinen Durchgang führt. Sobald Sie in dem Durchgang sind, müssen Sie die Tür hinter sich verriegeln."

„In Ordnung."

„Dieser etwas größere Schlüssel ist für die Innentür, die zur Krypta führt. Sie müssen die Krypta rasch betreten, die Tür sofort hinter sich schließen und verriegeln. Haben Sie verstanden?"

„Ja, sicher."

„Wenn Sie die Krypta verlassen, müssen Sie ebenso vorgehen, nur umgekehrt. Geben Sie mir Ihr Wort, dass Sie genau das tun werden, was ich Ihnen gesagt habe?"

„Ich gebe Ihnen mein Wort."

„Sehr gut. Versuchen Sie zu verzeihen, was Ihnen wie die Verrücktheit eines alten Mannes vorkommen muss, aber wenn Sie das über die Krypta wüssten, was ich weiß ..."

„Was wissen Sie?"

Der Pfarrer weigerte sich, sein Wissen preiszugeben.

Ich fiel beinahe die Stufen hinunter, als ich die nördliche Kirchenmauer erkundete. Gras und Unkraut überwucherten den Eingang so, dass er völlig verborgen war. Ich schaute mich um, ob mich nicht doch jemand beobachtete, drückte das Gras beiseite und stieg dann vorsichtig die feuchten, moosbedeckten Stufen hinab.

„Brin! Hierher!“

Mit großem Widerwillen folgte mir mein Hund nach unten. Ich zündete eine Kerze an und steckte mit der anderen Hand den kleineren Schlüssel ins Schloss der Außentür. Nach einigen Schwierigkeiten gelang es mir, den Schlüssel umzudrehen. Dann drückte ich die Türklinke herunter und zog. Ich zog kräftiger und kräftiger, bis sich die alte Tür in ihren Scharnieren bewegte. Es war so weit.

Ich hatte dem Pfarrer mein Wort gegeben und deshalb blieb mir keine andere Wahl, als seine Anweisungen peinlich genau zu befolgen. Ich zog die Tür so schnell ich konnte auf, schob Brin in den kleinen Durchgang, schlüpfte selbst hinein und schlug die Tür zu. Es war äußerst unangenehm dort drin, feucht und übel riechend. Brin jaulte jämmerlich, während ich die Außentür verriegelte. Ich wandte mich schnell der Innentür zu und steckte den Schlüssel ins Schloss. Innerhalb einer Minute standen wir beide in der Krypta.

Als Erstes zündete ich noch weitere Kerzen an, bis das Innere gänzlich ausgeleuchtet war. Wir standen in einer niedrigen Kammer, die in den Stein gehauen worden war. Grobe Bögen und unbearbeitete Säulen stützten die Decke. An einer Wand bot sich ein äußerst grausiger Anblick: Hunderte von Knochen und dutzende von Schädeln lagen auf einer Steinbank, alle ordentlich aufeinandergestapelt, sodass sie fast bis zur Decke reichten. Doch an der gegenüberliegenden Wand strahlte das schönste Fresko, das ich je gesehen hatte.

Es war recht verwunderlich, dass dieses wunderbare Gemälde an so einem abgelegenen Ort existierte. Sein Thema war Christi Himmelfahrt, das Auffahren Christi von der Erde in den Himmel. Ich vermutete, dass das Fresko aus der ersten Hälfte des fünfzehnten Jahrhunderts stammte. Die Qualität seiner Ausfertigung und sein nahezu perfekter Zustand machten es einzigartig. Fast zitternd vor Aufregung stellte ich meine Staffelei auf, legte meine Bleistifte zurecht und begann zu skizzieren.

Obwohl in meine Arbeit vertieft, bemerkte ich von Zeit zu Zeit, dass Brin es schwierig fand, ruhig liegen zu bleiben. Es überraschte mich nicht weiter, denn ich konnte ja kaum erwarten, dass er meine Begeisterung für englische Fresken teilte. Doch nach mehr als einer halben Stunde hatte er noch immer keinen Platz gefunden, der ihm angenehm war. Ich musste ihm befehlen sich hinzulegen. Er gehorchte widerwillig, blieb jedoch für den Rest des Tages unter der niedrigen Bank mit den Knochen liegen und beobachtete mich unruhig.

Ich hatte das Gefühl, als sei kaum eine Stunde vergangen, als ich aufsah und die weit heruntergebrannten Kerzen bemerkte. Es war bereits sechs Uhr abends. Ich begann einzupacken. Brin sprang auf, rannte zur Innentür und kratzte eifrig daran. Er schien immer verzweifelter hinauszuwollen,

bis er – ich stand mittlerweile neben ihm – mit dem Kopf gegen die Tür stieß und unglücklich jaulte.
Ich steckte den Schlüssel ins Schloss und öffnete die Tür. Brin schoss in den kleinen Durchgang hinaus, sodass ich einen kurzen Moment allein in der Krypta war. In diesem Augenblick geschah etwas.
Ich halte mich nicht für sehr ängstlich, aber ich hörte hinter mir ein Geräusch, das mich aus der Haut fahren ließ. Es war nicht leise. Es war ein lautes Krachen – als ob eine Vase auf dem Boden zersprang. Mir standen die Nackenhaare zu Berge und ein eiskaltes Kribbeln rieselte mir die Arme hinunter. Ich drehte mich langsam um, nur mit einer brennenden Kerze in der Hand, und ging zurück in die Krypta. Auf dem Boden, unterhalb der Bank mit den Knochen, lag ein zertrümmerter Schädel.
Nach dem ersten Schrecken war ich erleichtert. Über fünfzig Jahre war die Krypta unberührt geblieben und insofern war es kaum verwunderlich, dass mein Eindringen die Dinge etwas gestört hatte. Vielleicht hatte ein Luftzug den Schädel gestreift. Wer weiß?
Ich hob die Einzelteile auf. Schließlich waren es nichts weiter als Stücke aus Kalziumphosphat. Ich legte sie sorgfältig oben auf die anderen Knochen und Schädel. Dann ging ich in den Durchgang, wo Brin zitternd auf mich wartete, und verriegelte die Tür.
Ich muss zugeben, mich überkam in dem kleinen Durchgang ein besonders unbehagliches Gefühl. Vielleicht wegen Brin. Aus irgendeinem Grund war er panisch. Das Licht der Kerze war ziemlich schwach und leuchtete den Boden und die Ecken nicht vollständig aus. Ich fummelte mit dem

Schlüssel herum. Als ich die Außentür aufdrückte, streifte etwas mein Bein. Und im gleichen Augenblick meinte ich, etwas aus dem nur ein paar Zentimeter weit geöffneten Türspalt flitzen zu sehen.
Schwer zu sagen, was ich sah. Ein Ratte vielleicht? Konnte eine Ratte dort drinnen überleben? Was es auch war, es schien durch den Türspalt zu huschen. Sobald die Tür weit genug geöffnet war, rannte auch Brin hinaus, dicht gefolgt von mir. Die frische Luft tat gut. Ich beschloss, eine Ratte gesehen zu haben. Falls ich nicht aufpasste, würde ich noch selbst so töricht und abergläubisch wie Pfarrer Patrick Higgins enden, dem ich die Schlüssel zurückbrachte.

Am nächsten Morgen ging ich zum Frühstück und erfuhr, dass etwas Tragisches geschehen war. Das kleine Mädchen mit dem schmutzigen Gesicht und den nackten Füßen war in der Nacht gestorben. Sie war die Tochter der Leute von nebenan. Die Frau des Gastwirts weinte, als sie mir das Frühstück servierte. Ich fragte sie, woran das kleine Mädchen gestorben war. Das Kind hatte tags zuvor recht gesund ausgesehen, höchstens ein bisschen unterernährt. Aber ich konnte den breiten Dialekt der Wirtin nicht verstehen. Außerdem weinte sie die ganze Zeit. Alles, was ich begriff, war, dass das kleine Mädchen im Bett, das sie mit ihren Schwestern teilte, tot aufgefunden worden war.
Es war eine Tragödie, über die ich im Laufe des Tages oft nachgrübelte. Sie hinderte mich jedoch nicht daran, nach dem Frühstück wieder die Schlüssel zu holen, um erneut in die Krypta zu gehen und an meiner Skizze weiter zu arbei-

ten. Ich war ein Fremder in Wetwaste und konnte nichts außer mein Mitgefühl ausdrücken. Es war besser, wenn ich mich fernhielt und die Familie und deren Freunde einander helfen ließ.

Als mir der Pfarrer die Schlüssel überreichte, ermahnte er mich wieder zur Vorsicht wie beim ersten Mal. Er wusste offensichtlich nichts von dem Todesfall im Dorf und ich erzählte ihm davon. Er verlangte umgehend nach seinem Mantel und schritt hinaus, um sich um seine leidgeprüften Gemeindemitglieder zu kümmern.

Es war ein ereignisloser Tag in der Krypta. Ich ließ Brin draußen Kaninchen jagen, weil nichts ihn dazu bringen konnte, noch einmal diese Stufen hinunterzugehen. Im Innern kippten keine Schädel von der Bank und zerbarsten auf dem Boden und keine Ratten raubten mir vor Schreck fast den Verstand. Das einzige Geräusch machten meine Bleistifte und Pinsel. Der Tag verging rasch und ich brachte die Schlüssel etwa gegen sechs Uhr ins Pfarrhaus.

„Das kleine Mädchen“, fragte ich den Pfarrer, „wissen Sie, woran sie gestorben ist?“

„Nein, nein. Ich habe nach dem Arzt geschickt, aber er wohnt über zwanzig Meilen entfernt. Vor morgen wird er nicht hier sein. Ich weiß nur, dass das Kind heute Morgen eiskalt war, als sie es fanden. Ich durfte sie nicht sehen. Ich weiß nicht warum“, sagte er traurig, „aber ihre Eltern ließen es nicht zu.“

„Sehr traurig.“

„Ja, wirklich, Mr Blake. Ja, wirklich.“

Ich kehrte ins Gasthaus zurück und aus Respekt vor meinen Gastgebern, die sich um die Familie nebenan rührend kümmerten, verschwand ich nach dem Abendbrot auf meinem Zimmer.

Am nächsten Tag ging ich, um die Schlüssel zum dritten und letzten Mal zu holen. Meine detaillierte Skizze des Freskos war fast fertig, erforderte höchstens noch zwei oder drei Stunden Arbeit. Demnach kann man sich gewiss meine Bestürzung vorstellen, als der Pfarrer nicht dazu zu bewegen war, mir die Schlüssel zu geben. Er lief in seinem Arbeitszimmer wild hin und her und presste sich die Hände an die Schläfen. Als er mich sah, hielt er inne und deutete mit anklagendem Zeigefinger auf mich.

„Sie und ich, Mr Blake, haben eine sehr böse Sache angerichtet!“

Erstaunt durch diese Bemerkung antwortete ich nicht.

„Abraham Kelly ist tot, ermordet – und es ist unsere Schuld!“

„Aber ... wer ist Abraham Kelly? Und warum ist es unsere Schuld?“
„Er war der Dorfschmied. Man hat ihn heute Morgen tot in seinem Bett gefunden – wie das Kind!“ Der Pfarrer sank den Tränen nahe in seinen Sessel. „Der Doktor hat mich eben aufgesucht. Er hat beide Leichen untersucht und mich über die Todesursache unterrichtet. Beide sind erwürgt worden! Ich hatte immer gehofft, ich müsste nicht noch einmal erleben, wie Wetwaste dieser bösen Gewalt ein weiteres Mal ausgeliefert ist!
„Pfarrer Higgins, mit dem größten Respekt, ich habe keine Ahnung, wovon Sie sprechen.“
Er sah mich verbittert an. „Lassen Sie mich Ihnen eine Geschichte erzählen, Mr Blake. Vor fünfzig Jahren, als ich als junger Mann ins Dorf kam, gab es in Wetwaste einen Gutsherrn. Sein Name war Sir Roger Despard und er ...“
„Es gibt ein Gutshaus in Wetwaste?“, unterbrach ich ihn.
„Jetzt nicht mehr. Als Sir Roger starb, wurde das Haus Stück für Stück abgetragen und alle Steine wurden weggebracht. Der Park wurde umgegraben. Gras wurde über das ganze Anwesen gesät und heute erinnert nichts mehr daran.“
„Aber ... warum?“
„Weil Sir Roger Despard das widerlichste, unmenschlichste Ungeheuer war, das je auf Gottes Erden lebte. Wie schon gesagt kam ich vor fünfzig Jahren als junger Mann in dieses Dorf. Sir Rogers langes Leben, das er dem Bösen und dem Verbrechen gewidmet hatte, näherte sich dem Ende. Offen gesagt, Mr Blake, es gibt niemanden in Wetwaste, der Ihnen nicht von Eltern oder Großeltern berichten kann, die durch

seine Hände gestorben sind. Er widmete sein Leben der Grausamkeit. Vielleicht verzeihen Sie uns jetzt, Sir, unseren Aberglauben."

„Sicherlich", sagte ich, „haben die Behörden ..."

„Er war die Behörde! Er war der Friedensrichter und Abgeordneter des Unterhauses! Damals gab es keine Polizei, sodass eine winzige Siedlung wie Wetwaste völlig in der Gewalt seines Lords lag."

Ich nickte und gestand diesen Punkt widerwillig ein.

„In meinen ersten sechs Monaten in diesem Dorf", fuhr der Pfarrer fort, „erfuhr ich allmählich von den entsetzlichen Morden, die Sir Roger begangen hatte. Ich kämpfte mit meinem Gewissen, was zu tun sei. Doch die Entscheidung wurde mir abgenommen, als ich ins Gutshaus gerufen wurde. Es war bekannt, dass Sir Roger auf seinem Sterbebett lag. Ich hatte panische Angst, seinen mörderischen Wohnsitz zu betreten, aber es war meine Pflicht, mich um ihn zu kümmern. Man weiß ja, dass selbst die schlimmsten, fürchterlichsten Sünder bereuen, wenn ihr Leben zu Ende geht." Er seufzte tief und umklammerte seine Armlehnen. Sein Gesicht drückte Resignation und Verzweiflung aus. „Ich kann mich noch gut an dieses Gebäude erinnern, obwohl es vor so langer Zeit dem Erdboden gleichgemacht wurde. Vier schlichte Ecktürme, geschwärzt vom Alter und jeder, so sagte man, diene einer anderen Foltermethode. Die Eingangstür war eine riesige Eisenkonstruktion, die sich vor mir öffnete und schloss wie die Tür eines Verlieses. Innen packte der Diener von Sir Roger grob meinen Arm. Ich dachte, ich sei ein Gefangener. Der Kerl war riesig, ein klotziges Vieh, mehr Tier denn Mensch, der noch nie gesprochen hatte. Er schleifte mich durch endlose dunkle Gänge zum Schlafzimmer von Sir Roger Despard, wo sich mir eine Grauen erregende Szene bot. Das Zimmer war mit Waffen geschmückt: mit allen Arten von Messern, Äxten, Keulen, Knüppeln, Schwertern, Musketen und Pistolen. Es glich einem Denkmal für alle barbarischen Taten, die er jemals begangen hatte – der Schrein eines Mörders. Und in der Mitte des Zimmers stand ein gewaltiges Bett mit vier Pfosten und umhüllt von Vorhängen, hinter denen das Ungeheuer sterbend lag."

„Konnten Sie ihn sehen?"

„Nein. Aber ich konnte ihn hören. Seine Atemzüge waren lang und keuchend. Ich hielt meine Bibel dicht vor meine Brust, bot alle meinen Mut auf und sprach ihn an.

„‚Der Tag der Abrechnung ist nahe', sagte ich mit so klarer und kraftvoller Stimme wie mir möglich war. ‚Obwohl Sie ein Leben in äußerster Sünde geführt haben, ist die Gnade Gottes für jene, die bereuen und Ihn als ihren Herrn anerkennen, unendlich.'

Seine angestrengte Atmung wurde ruhiger. Ich fühlte mich geschmeichelt, dass er, an der Schwelle zum Tod, vielleicht über meine Worte nachdachte."

Der Pfarrer fuhr von seinem Stuhl hoch und ging zum Fenster hinüber, um nach draußen auf das trostlose Moor zu schauen, als ob das die Erinnerungen löschen könnte.

„Ich überlegte gerade, was ich als Nächstes sagen wollte, als ich ein schrecklich wütendes und gequältes Brüllen hörte. Der Vorhang wurde zurückgezogen, um ...", der Pfarrer presste seine Stirn gegen die vergitterte Fensterscheibe „... um einen Mann zu offenbaren, der mehr tot als lebendig aussah. Das Wesen seiner Krankheit und das innewohnende Böse seines Charakters hatten sich derart zusammengefügt, dass er äußerlich wie das Monster aussah, das er im Innern war. Sein gezeichneter Leib war purpurrot und grau gesprenkelt. Seine Augen waren riesig, so kalt und starr, die Pupillen klein und mit viel Weiß drum herum, was ihm einen Ausdruck von Wahnsinn verlieh. Sein Mund war geöffnet und hing zu einer Seite herab und entblößte gelbe Zähne. Seine Lippen waren teilweise geschwollen und fast schwarz. Insgesamt glich sein Gesicht dem eines grauenhaf-

ten Verbrechers, der bereits am Galgen hing. Entweder war es das oder es war das Gesicht eines Teufels."


Ich glaube, ich habe bereits erwähnt, dass ich nicht abergläubisch bin, doch sogar ich war von dieser Beschreibung Sir Roger Despards gleichermaßen entsetzt wie fasziniert, der, halb Mensch und halb Monster, die Leute von Wetwaste abgeschlachtet und terrorisiert hatte.

Als sich der Pfarrer vom Fenster abwandte und mich unerschrocken anblickte, wartete ich schweigend auf den Schluss seiner entsetzlichen Geschichte.

„Er versuchte sich aufzusetzen, stöhnte vor Qual und winkte mich mit einem langen knochigen Finger heran. Ich trat näher, hoffte, dass sein Leiden und sein naher Tod ihn dazu gebracht hatten, sein Leben als Mörder zu bereuen.

‚Sprechen Sie', flüsterte ich.

‚Ich ... will ... Sie töten!', stöhnte er.

Ich schäme mich nicht einzugestehen, Mr Blake, dass ich vor Panik zurückwich, mein Gleichgewicht verlor und zu Boden stürzte. Als ich mich wieder auf die Füße rappelte, lachte er kurz, bevor ihn ein Hustenanfall schüttelte.

‚Keine Angst', röchelte er. ‚Ich habe nicht die Kraft.'

‚Bereuen Sie Ihre Sünden', flehte ich, ‚oder Sie werden für alle Ewigkeit in den tiefsten Tiefen der Hölle schmoren.'

Was er mit nur einem Wort beantwortete: ‚Gut!'

Obwohl ich aus Furcht wie Espenlaub zitterte, faszinierte mich die Intensität seiner Bösartigkeit doch.

‚Sie bedauern nichts?', fragte ich.

Zusätzliche Qual stand in seinen schon verzerrten Gesichtszügen geschrieben, eine Mimik, die nicht von physischem Schmerz, aber von geistiger Qual herrührte.

‚Doch.'

‚Sagen Sie mir, was', bat ich ihn ein wenig ermutigt.

‚Kommen Sie näher, Pfarrer', zischte er und winkte wieder mit seinem knochigen Finger. ‚Näher. Meine Stimme ist schwach.'

Ich ging so nah zu ihm, wie ich mich traute, beugte mich dicht vor seinem Bett bis auf seine Höhe herab. Er lag halb aufgerichtet auf seinen Kissen und schnaufte vor Erschöpfung.

‚Sagen Sie mir, was Sie bedauern‘, wiederholte ich.

‚Pfarrer, ich kann nicht ... ich kann den Gedanken nicht ertragen ...‘

‚Ja?‘

‚Näher.‘

Ich rückte dichter an ihn heran. Er rückte näher zu mir, seine geschwärzten Lippen waren nur ein paar Zentimeter von meinem Ohr entfernt.

‚Ich kann den Gedanken nicht ertragen, dass ich nie wieder töten kann!‘

Die Worte ließen mich versteinern. Aus Angst stand ich kurz wie angewurzelt da, und als er dann noch einmal erst in Gelächter und schließlich in Husten verfiel, sprang ich zurück. Ich starrte ihn an, entsetzt über so viel Böses in einem Menschen. Ich beobachtete, wie sein Husten schlimmer wurde und sein Körper zu zucken begann. Der Tod war nur wenige Minuten entfernt. Er fing an zu schluchzen und zu wüten, nicht weil er sein Leben aushauchte, sondern weil er niemanden mehr würde töten können.

‚Ich werde noch einmal morden!‘, brüllte er.

Mit letzter Kraft warf er sich selbst aus dem Bett und fiel an der Wand zu Boden. Wie ich mit Abscheu und Unglauben beobachtete, ergriff er ein Messer und ...“



„Was?“, fragte ich atemlos.

„Und begann seine eigene Hand abzuhacken!“

„Oh, mein Gott!“

„Er hatte eigentlich nicht die Kraft, es zu tun, und doch war er fest dazu entschlossen. Und ich sah zu, viel zu ängstlich ihm Einhalt zu gebieten, wie er hackte und haute und schlitzte, bis es vollbracht war. Am Ende seines Arms war nur noch ein blutiger Stumpf und die abgetrennte Hand lag zuckend daneben. Er stöhnte.

‚Das sind Ihre letzten Augenblicke', flüsterte ich. ‚Bereuen Sie!'

Er sah mich an und sein Augenlicht brach schon.

‚Ich, Sir Roger Despard', keuchte er, ‚lasse diese Hand zurück, damit sie morden und verstümmeln kann ...'

Dann starb er, seine Augen immer noch auf meine gerichtet."

Der Pfarrer sank erschöpft in seinem Stuhl zurück und rieb seine müden Augen.

„Er wurde in der Krypta beerdigt und die Hand mit ihm. In einem Steinsarg an der Rückseite der Knochenbank. Es wurde beschlossen, die Krypta nie wieder zu öffnen. Dabei wäre es auch geblieben, wenn Sie nicht nach Wetwaste gekommen und ich mich nicht von Ihnen hätte überreden lassen."

Er gab mir mit einer Handbewegung zu verstehen, ich solle gehen, und drehte sich erneut zum Fenster, um das Moor zu betrachten.

Obwohl ich von der entsetzlichen Geschichte des Pfarrers zutiefst betroffen war, glaubte ich nicht einen Moment daran, dass die Hand des Toten aus der Krypta „entkommen" war und zwei Morde begangen hatte. Der Gedanke war absurd. Doch der Pfarrer war nicht zu bewegen, mir noch einmal die Schlüssel zu geben. Das war mehr als ärgerlich. Es war unlogisch! Wenn die Hand entkommen wäre – ein lächerlicher Gedanke –, dann wäre sie nun ohnehin draußen, das Verschließen der Krypta also völlig unsinnig. Ich habe bereits gesagt, dass ich fast immer erreiche, was ich will. Was mich anging, war meine Skizze des Freskos beinahe fertig und es wäre ein Verbrechen gewesen, sie nicht fertigzustellen. Deshalb beschloss ich, noch ein oder zwei Tage in Wetwaste zu bleiben. Vielleicht würde es mir irgendwie gelingen, an die Schlüssel zu kommen. Das war die bei weitem schlechteste Entscheidung, die ich je getroffen habe.

Nach einem eintönigen Tag, an dem ich mit Brin durch die Landschaft gestapft war, ging ich an diesem Abend früh zu Bett. Ich hatte noch nicht sehr lange geschlafen, als Brin mich aufweckte. Er knurrte leise wie manchmal im Schlaf. Ich befahl ihm Ruhe zu geben, rollte mich dann auf die andere Seite und vergrub meinen Kopf unter der Bettdecke. Brin knurrte jedoch weiter und immer lauter, bis es so wild klang, dass ich ihn nicht wieder erkannte.

„Still, Brin!“, rief ich in die Dunkelheit.

Er reagierte nicht. Ich langte zum Nachttisch hinüber und zündete eine Kerze an. Wurde er verrückt? Mit hervorquellenden Augen starrte er durch das Zimmer ... zu mir herüber.

Ein wenig verunsichert befahl ich ihm zum letzten Mal ruhig zu sein. Er sprang auf mich. Ich schreckte vor seinen blitzenden Zähnen zurück, stieß dabei die Kerze um und tauchte uns ins Dunkel. Der Hund warf mich der Länge nach auf das Bett. Er hatte jedoch so viel Schwung, dass er nicht auf mir liegen blieb, sondern an meinem Kopf vorbei auf den Boden rutschte und wild knurrte.

Ich war jetzt davon überzeugt, dass das Tier verrückt geworden und gefährlich war. Ich sprang aus dem Bett, hastete zur Tür und wollte flüchten.

Vergeblich! Gerade als ich die Türklinke ergriffen hatte, schienen sich Brins Kiefer fest um meinen Hals zu legen und ich sank um Atem ringend auf die Knie. Ich kämpfte, um ihn abzuschütteln. Ich schlug wild mit den Armen um mich auf ... auf absolut nichts.

Niemand kann sich meine Angst vorstellen. Sie war schlimmer als der Schmerz an meiner Kehle und in meiner Lunge. Ich griff mir mit den Händen an den Hals und fühlte ein schmieriges, brutales, eiskaltes Etwas ... Nicht mein Hund griff mich an, es war die Hand! Ich wurde erwürgt! Ich fiel in die Dunkelheit. Nur Sekunden trennten mich vom Tod. Ich versuchte die Hand von meiner Kehle zu reißen.

Brin musste sie wieder an-

gesprungen haben, denn ich wurde umgeworfen. Einen Augenblick lag ich strampelnd und zuckend am Boden, die Hand an meiner Kehle und Brin an der Hand, um sie fortzubeißen. Endlich löste sich der schraubstockartige Griff an meinem Hals und ich lag dort erschöpft und pumpte mit tiefen, röchelnden Atemzügen Luft in meine Lunge. Wenn Brin nur wenige Sekunden länger gebraucht hätte, wäre ich erstickt.

Vor mir tobte der Kampf. Möbel und Töpfe zerschmetterten auf dem Boden, Brin knurrte und schnappte, dann jaulte er lang und jämmerlich auf, winselte und wurde still. Ich lag halb tot in der Dunkelheit, hörte nichts bis ... Was war das? Dieses Geräusch? Weder raschelnd noch schabend, aber etwas dazwischen. Es klang, als ob in Abständen von einigen Sekunden sich etwas über den Boden schleifte. Ich kam auf die Beine und taumelte zum Bett hinüber. Der Nachttisch stand noch. Ich tastete nach den Streichhölzern und zündete eine Kerze an, deren flackernder Lichtschein ... Zum ersten Mal sah ich die Hand. Ich schrie wie von Sinnen, wahnsinnig vor Entsetzen. Obwohl sie übel zugerichtet und zerfleischt war, kroch sie mit grausamer Entschlossenheit über den Boden auf mich zu. Schwarzes Blut tropfte aus den Wunden. Und hinter der Hand, irgendwie noch lebendig trotz seiner verwundeten Kehle, war Brin. In den letzten wenigen Sekunden seines Lebens schleppte er sich hinter ihr her.

Ich verlor total die Kontrolle über meinen Körper, hatte

eine Art Anfall und brach prustend und schluchzend auf dem Boden zusammen. Außer Stande mich zu rühren, fixierte ich mit starren Augen das fürchterliche Ding, das

sich näher auf meinen hilflosen Körper zu schleppte. In Erwartung des Todes fiel ich in eine Bewusstlosigkeit.

Das Letzte, woran ich mich erinnere, ist, dass die verletzte Hand nur wenige Zentimeter von meinem Hals entfernt war und immer näher kam. Ihr Mittelfinger spreizte sich langsam und ein gelber, krallenähnlicher Fingernagel berührte meine Haut.

Jemand sagte: „Endlich ... er kommt zu sich."

Ich schlug die Augen auf. Ich befand mich in einem mir unbekannten Zimmer und ein fremder Mann beugte sich über mich.

„Was ...", krächzte ich, aber hielt dann inne, weil der Schmerz in meiner Kehle unerträglich war.

„Nicht sprechen", sagte der Mann. „Ich bin Arzt. Ihre Kehle ist zusammengedrückt worden. Sie waren vier Tage bewusstlos und haben Glück, überhaupt noch am Leben zu sein. Sie sind im Haus von Pfarrer Higgins. Sie müssen sich jetzt ausruhen."

Es dauerte mehr als eine Woche, bevor ich überhaupt wieder sprechen konnte, und zwei Wochen, bevor es Pfarrer Higgins erlaubt wurde, länger mit mir zu reden.

„Was ist passiert?", fragte ich.

„Die Gastwirtfamilie hörte diesen Lärm in Ihrem Zimmer", berichtete er mir, „und sie wussten, dass die Hand da war. Sie hatten jedoch zu große Angst, um Ihnen zu helfen. Deswegen holten sie mich."

„Sie?“, flüsterte ich und betrachtete den zerbrechlichen alten Mann, der an meinem Bettende saß. „Was haben Sie …? Was haben Sie gesehen?“
„Eine grausige Szene, Mr Blake: einen sterbender Mann, eine mordende Hand und einen toten Hund und alle im Tod miteinander verbunden. Ich dachte, Sie wären tot. Ihr Atem war nicht mehr wahrnehmbar. Ihr Gesicht war blau und die Zunge hing heraus. Die Finger der Hand drückten Ihnen die Kehle zu, obwohl …“
„Obwohl was?“
Er holte Luft. „Obwohl die halbe abgetrennte Hand zwischen den Zähnen des toten Hundes steckte.“
„Brin“, flüsterte ich und dachte daran, wie er einen letzten, qualvollen Versuch gemacht haben musste, um mich zu retten.
„Ich musste Sie von diesem Ding befreien.“
„Wie?“
„Im Erdgeschoss brannte noch Feuer im Kamin. Ich rannte hinunter und packte mit der Zange eine rotglühende Kohle. Das war alles, was mir einfiel. Sobald ich wieder im oberen Stockwerk war, presste ich die glühende Kohle mit aller Kraft auf die Hand und …“
„Was?“
„Sie sprang so heftig von Ihrem Hals, dass ich dabei umgeworfen wurde. Ihr armer Hund, der seine Zähne in die Hand gegraben hatte, wurde quer durch das Zimmer geschleudert. Mit der Zange in der Hand gelang es mir erneut anzugreifen, und dieses Mal presste ich die Kohle in die Handfläche. Ihre bösen Finger schlossen sich darum und der süße, widerwärtige Geruch von verbranntem, verkohl-

tem Fleisch machte sich breit. Die Hand klopfte hart auf den Boden ... sechs, sieben, acht Mal ... dann war alles still.“

Jeden Tag danke ich Gott, dass ich noch lebe, und ich denke oft an meinen Hund Brin, der sein Leben für mich opferte. Zehn Jahre sind seit seinem Tod vergangen. Selbst im Tod war es unmöglich, seine Zähne von der Hand zu lösen, und als die verkohlte Hand noch einmal in der Krypta eingeschlossen wurde, musste Brin mit hinein.

Die hässlichen, blauen Würgemale an meiner Kehle sind immer noch zu sehen: fünf schwarz-violette Male, vier auf der einen Seite, eines auf der anderen. Sie sind nie verblasst. Ist es da ein Wunder, dass ich immer hohe, geschlossene Kragen trage?

# Der Kater

„Wau-Wau“, sagte mein Bruder und zeigte auf die Katze, die auf der Küchentreppe saß.

Mein Bruder heißt Peter und ich sollte darauf hinweisen, dass er erst zweieinhalb Jahre alt ist und dreizehn Jahre jünger als ich. Ich machte ihm sein Frühstück. Da es ein sonniger Tag war, hatte ich die Tür zum Garten geöffnet.

„Katze“, sprach ich ihm vor, „Katze.“

„Katze.“

„Braver Junge.“

Irgendwie mochte ich diesen Kater nicht. Er war ein schmutziger Streuner, ungewöhnlich groß und muskulös, mit schäbigem, dunkelgrauem Fell und äußerst merkwürdigen orangefarbenen Augen, die durch mich hindurchstarrten.

„Husch!“, rief ich.

Er bewegte sich nicht von der Stelle und betrachtete mich mit einem nahezu menschlichen Ausdruck von amüsierter Verachtung.

„Katze! Katze, Katze, Katze!“, schrie Peter aufgeregt.

„Gütiger Himmel, Lizzie, was ist das für ein Lärm?“, sagte meine Mutter, als sie in die Küche kam. „Du meine Güte, was für eine riesige Katze! Sollen wir ihr etwas Milch geben?“

„Wahrscheinlich hat sie Flöhe, Mutter.“

„Unsinn, mein Liebes, sie ist nur ein bisschen schmutzig. Das wärst du auch, wenn du kein Zuhause hättest.“

Sie ging in die Speisekammer, um Milch zu holen. Inzwischen stolzierte der Kater zu Peter hinüber, was ich voller Unbehagen beobachtete.

„Das ist ein echter Räuber“, sagte ich.

Peter begann glücklich zu lachen und streckte die Hand aus, um das Tier zu tätscheln. Ich war ein wenig überrascht, dass es sich das unbeholfene Klopfen gefallen ließ und sogar ziemlich ruhig blieb, als Peter am Fell zog.

Ich bückte mich und streichelte den Kater ebenfalls, nicht um ihn zum Freund zu gewinnen, sondern um nachzusehen, ob er Flöhe und Läuse in seinem Fell hatte. Ich war erleichtert, er hatte keine.

„‚Räuber‘, so nennen wir ihn“, verkündete Mutter und stellte eine Untertasse mit Milch vor Räubers Nase. Das Tier schnupperte argwöhnisch daran und drehte dann seine Nase weg.

„Ich bin noch nie einer Katze begegnet, die keine Milch mag“, staunte Mutter. „Glaubst du, sie mag lieber Sardinen?“

„Aber sicher“, antwortete ich entrüstet. „Klar, warum lassen wir den Straßenräuber nicht gleich einziehen? Schließlich haben wir jede Menge Platz.“

Obwohl wir nicht sehr arm sind, reich sind wir ganz bestimmt nicht und unser winziges Haus hat nur vier Zimmer: ein Wohnzimmer, eine Küche und zwei kleine Schlafzimmer.

„Sei nicht albern, Liebes“, trällerte meine Mutter aus der Speisekammer, in der sie die Sardinen suchte.

Räuber mochte auch keine Sardinen. Und weder Käse, Geflügelinnereien, Leber noch Forellen. Ich weiß das daher, weil er uns nun jeden Morgen besuchte und meine Mutter ihm jedes Mal etwas anderes zu fressen anbot. Er probierte die Köstlichkeiten nicht einmal.

„Ein seltsames Wesen“, meinte Mutter schließlich eines Morgens. „Er scheint überhaupt nichts zu fressen. Das Einzige, was ihn interessiert, ist Peter.“

Das stimmte. Räuber und Peter waren die besten Freunde geworden. Jeden Morgen, wenn ich ihn die Treppe hinuntertrug, schrie er laut: „Katze! Katze!“ Oder manchmal: „Räuba! Räuba!“ Und er brüllte so lange, bis ich den Kater ins Haus ließ. Wenn Räuber schon länger draußen gewartet hatte, blickte er mich beim Hereinstolzieren auf eine merkwürdige Weise an. Es klingt wahrscheinlich dumm, aber ich übertreibe kaum, wenn ich seinen Blick als freches Grinsen beschreibe.

Eines Morgens wurde der Kater wie üblich von meinem Bruder „gestreichelt“, was auch hieß, dass er ihn am Fell zog.

„Räuber scheint unglaublich gutmütig“, sagte ich, „aber ich mag ihn trotzdem nicht.“

„Sag doch nicht so was“, antwortete Mutter und beugte sich neben Peter hinunter, um die Katze zu streicheln. „Wie kann sie nur so gemein zu dir sein, Räuber?“

Der folgende Zwischenfall dauerte vermutlich weniger als eine Sekunde. Meine Mutter trägt immer eine Kette mit einem Kreuz um den Hals. Als sie sich vorbeugte, um den Kater zu streicheln, rutschte die Kette mit dem Kreuz aus ihrem Kleid und berührte Räubers Schulter. Räuber jaulte auf, schlug mit seiner Tatze und ausgefahrenen Krallen und

sprang davon. Meine Mutter schrie vor Schreck kurz auf. Einen Moment lang war ich so verwirrt, dass ich nicht begriff, was denn geschehen war. Räuber knurrte und fauchte unter dem Küchentisch. Meine Mutter stand starr vor Entsetzen weiterhin vornübergebeugt. Das Kreuz baumelte an ihrem Hals und Peter ...

„Peter!“

Von seinem linken Auge bis zu seinem Kinn herunter zogen sich Kratzspuren. Kleine Blutströpfchen sickerten langsam hervor. Peter begann zu weinen.

„Husch!“, schrie ich Räuber wütend an. „Husch!“ Ich jagte ihn aus der Küche. Er flüchtete über den kleinen Hof und sprang dort auf die hohe Mauer, wo er inne hielt und zu mir zurückblickte. Aus dem Haus hörte ich Peters Weinen und die vergeblichen Versuche meiner Mutter, ihn zu trösten.

„Du schreckliches Vieh!“, schrie ich, hob einen großen Stein auf und warf nach ihm. Ich hatte nicht erwartet, ihn wirklich zu treffen. Umso bestürzter schlug ich mir die Hand vor den Mund, als der Stein voll Räubers Körper traf und ihn beinahe von der Mauer stieß. Doch zu meinem Erstaunen blieb er genau dort sitzen, wo er saß, anstatt wie andere Katzen vor Schmerz aufzumiauen und panisch zu flüchten. Er gab keinen Ton von sich. Er sah einfach dem Stein nach, wie er zu Boden fiel, hob dann seinen Kopf und sah mich an.

Ich schwöre bei Gott, dass in seinen merkwürdigen orangefarbenen Augen so viel Hass lag, dass ich aus Angst vor einem Angriff instinktiv zurückwich. Aber Räuber starrte mich noch einige Augenblicke mit Furcht erregendem Blick an, schlenderte dann die Mauer entlang und verschwand zur anderen Seite.

Nach all dem würde man annehmen, dass Räuber eine neue Pflegefamilie gesucht hätte. Wir ließen ihn nie wieder ins Haus und vergewisserten uns stets, dass wir die Türen geschlossen hatten, damit er nicht unbemerkt hineinschlüpfen konnte. Meine Mutter und ich waren absichtlich unfreundlich, ja fast gemein zu ihm, aber das schien ihn nicht daran zu hindern, immer in unserer Nähe herumzulungern. Wenn wir in der Küche waren, saß er auf der Gartenmauer. Hielten wir uns im Wohnzimmer an der Hausvorderseite auf, hockte er meist im Kirschbaum, der auf dem winzigen Rasenstück vor dem Haus wuchs.

Ich begann den Kater leidenschaftlich zu hassen, ohne wirklich zu wissen warum. Er verhielt sich nicht wie gewöhnliche Katzen, die sich nur in der Sonne aalten. Er beobachtete uns. Seine Augen folgten uns, vor allem Peter. Manchmal, wenn ich Peter gerade ins Wohnzimmer gebracht hatte, sah ich, wie Räuber sich im Kirschbaum erhob und einen Buckel machte. Bei dem Anblick bekam ich eine Gänsehaut. Obwohl meine Mutter schimpfte, begann ich, sogar am Tag die Vorhänge zuzuziehen, nur um ihn nicht sehen zu müssen.



„Ich wünschte, dieses Tier wäre mir nie unter die Augen gekommen“, seufzte meine Mutter eines Tages. „Um ihn zu

verscheuchen, musste ich eben direkt auf ihn zugehen und schreien. Erst dann schlenderte er in aller Seelenruhe weg."
Wir hängten im Garten Wäsche auf. Ich war gerade durchs Haus gegangen, weil ich im Vorgarten Unkraut gejätet hatte. Peter hielt oben sein übliches Nachmittagsnickerchen.
„Was will er wohl von uns?", fragte ich.
„Was will er wohl von uns?", fragte meine Mutter zurück. „Er will nichts. Er ist nur ein Kater."
„Wirklich?", fragte ich.
„Du bist ein sonderbares Mädchen, Lizzie", sagte Mutter, packte den leeren Wäschekorb und ging ins Haus zurück.
Mutter hat Recht, dachte ich und seufzte. Ein Kater ist nur ein ... Kater.

„Lizzie, du hast die Haustür offen gelassen!", rief Mutter von drinnen.
„Oh, entschuldige!" Ein dumpfes Geräusch folgte. Mutter hatte die Tür zugemacht. Ich hockte auf der Stufe vor der Tür, schloss die Augen, genoss die wärmende Sonne auf meinem Gesicht und den Duft der frisch gewaschenen Wäsche, die im Wind flatterte. Sobald die Hausarbeit erledigt wäre, wollte ich meine Freundin besuchen und vielleicht ...
Ein Schrei, ein fassungsloser, panischer Schrei ließ meine Träume mit einem Mal zerplatzen.
„Mutter!", schrie ich und rannte ins Haus. „Mutter, was ist passiert?"
„Oh Lizzie!", kreischte sie. Sie war in der oberen Etage. Ich raste die Stufen hinauf und stürmte ins Zimmer. Mutter

stand vor Peters Kinderbett und rang verzweifelt mit den Händen. Es war leer.

„Wo ist er?“, fragte ich sie flehend, halb verrückt vor Sorge. Sie antwortete nicht und schluchzte nur. Ich brach vor dem Kinderbett zusammen und schrie immer wieder seinen Namen: „Peter, Peter!“ Dann sah ich, dass das Bett nicht leer war. Ein winziges, ängstliches Kätzchen mit rotem Fell schaute zu uns hoch. Das war seltsam und unerklärlich.

„Oh Mutter, wo ist Peter, wo ist Peter?“

„Lauf zur Polizei, Lizzie. Sag ihnen, dass Peter ... dass Peter entführt worden ist“, jammerte sie, „und sie sollen ihn suchen.“

„Aber ich versteh nicht, wie dieses Kätzchen ...“

„Lauf!“, schrie sie.

Die Polizei veranstaltete eine riesige Suchaktion, doch Peter wurde nicht gefunden. Nach einer Woche wurde die Suche der Polizei abgebrochen. Nach zwei Wochen suchten nicht einmal mehr Mutter und ich nach ihm. Mein Bruder blieb verschwunden.

Wir waren todunglücklich. Vor allem Mutter verstand nichts mehr. Sie gab ihr Leben auf. Früher war sie so fröhlich gewesen, doch nun war sie unfähig überhaupt etwas anderes zu tun als zu trauern. Sie stand morgens nur auf, wenn ich auf sie einredete und ihr keine Ruhe ließ. Und wenn sie endlich doch aufstand, saß sie im Wohnzimmer und schaukelte in ihrem Stuhl hin und her. Hin und her. Wenn es Schlafenszeit war, war es umgekehrt. Redete ich ihr nicht gut zu, ging sie nicht zu Bett. Sie blieb die ganze Nacht dort sitzen und döste unruhig vor sich hin.

Eine Weile half mir der Zusammenbruch meiner Mutter sogar. Ich musste mich um sie kümmern und alles für sie tun. Nichts konnte mir den tief traurigen Schmerz im Herzen nehmen, aber meine Mutter brauchte mich so sehr, dass keine Zeit war, mich vom Kummer auffressen zu lassen. Am schlimmsten waren die Abende, wenn die Arbeit getan war. Ich versuchte alles Mögliche, um meine Mutter zu trösten. Aber irgendwann wollte ich nur noch ins Bett.

Ich erinnere mich, wie unendlich lang mir die Abende erschienen, wenn ich sie im Wohnzimmer weinen hörte, während ich in der Küche saß. Ich versuchte mich selbst zu beschäftigen, indem ich auf das kleine Kätzchen aufpasste. Es war etwas ganz anderes als mit Räuber, der anscheinend endgültig weg war. Das Kätzchen war ein süßes kleines Wesen, lebendig und schelmisch. Ich konnte mir nicht erklä-

ren, woher es gekommen war, glaubte aber, es verdiente es umsorgt zu werden. Vielleicht wollte ein Teil von mir so tun als sei es Peter.

Erst als das Kätzchen krank wurde, begann ich zu verzweifeln. Ich hatte es geschafft, mich während der schrecklichsten Tragödie, die ich mir vorstellen konnte, zusammenzureißen und dann brach ich zusammen, weil ein Kätzchen krank wurde!

Die ersten zwei oder drei Wochen war alles noch in Ordnung, doch dann bekam das Kleine Probleme beim Fressen. Zwar trank es die Milch und fraß den klein gehackten Fisch, den ich ihm hinstellte. Es mochte jedoch offensichtlich beides nicht besonders und es musste sich manchmal übergeben. Diese Situation verschlimmerte sich so weit, bis das Kätzchen am Ende gar nichts mehr fraß, obwohl es fast verhungerte.

„Komm, bitte, trink etwas Milch", flüsterte ich ihm eines Nachts zu. Ich hielt es in meinen Handflächen geborgen. Es sah jammervoll zu mir hinauf und maunzte quiekend, als ich es sanft vor die Untertasse setzte. Es war so schwach, dass es beinahe umkippte, aber es schnupperte an der Milch und für einen Moment schöpfte ich Hoffnung. Dann wandte es sich ab, tapste ein paar Schritte vorwärts und rollte sich leidend zusammen. Ich nahm meinen Kopf in meine beiden Hände und schluchzte.

Am nächsten Abend beschloss ich, spazieren zu gehen, um nicht wahnsinnig zu werden. Ich ließ Mutter mit dem sterbenskranken Kätzchen im Wohnzimmer zurück und versprach vor Einbruch der Dunkelheit wieder zu Hause zu sein.

Es war ein heißer Tag gewesen. Obwohl es beinahe acht Uhr war, brannte die Sonne noch recht heftig. Also nahm ich meinen Sonnenschirm mit. Langsam schlenderte ich die Straße hinunter, überquerte die Hauptstraße und ging zum Park. Meine Gedanken kreisten um Peter, wie sehr ich ihn vermisste und dass er für immer fort war. Ich glaube, ich weinte, als ich den Weg bei den Blumenbeeten entlangging. Alle schienen so glücklich: die Paare, die Arm in Arm schlenderten, die alten Leute auf den Parkbänken, die die Hitze genossen, und am meisten die Kinder, die rannten, schrien und lachten. Ich konnte ihren Anblick kaum ertragen. Deshalb steuerte ich auf die andere Seite des Parks zu, den ruhigeren, wilderen Teil, und ging um den See. Die Enten im Wasser verfolgten mich, hofften auf Brot. Ich hatte keines. Ich wollte nicht, dass die Enten hinter mir herschwammen oder -watschelten. Ich wollte nur, dass Peter zu uns zurückkäme!

„Haut bloß ab!“, schrie ich plötzlich die Enten an und war wie sie überrascht. Sie flüchteten quakend und spritzend und ließen mich schuldbewusst am Ufer stehen. Ich blickte mich um. Nicht sehr weit entfernt stand ein Mann, der mich sonderbar ansah, und neben ihm ein Haufen kichernder Kinder. Was machte ich bloß? Warum blaffte ich in einem Park Enten an? Verlor ich etwa den Verstand?

Ich versteckte mein Gesicht hinter dem Sonnenschirm und

lief rasch fort – weg von den neugierigen Blicken der Leute in den Schutz der Bäume. Ich war so müde, absolut erschöpft nach all den Wochen voller Kummer und der schweren Arbeit. Ich kauerte mich in den Schatten eines riesigen Kastanienbaums, legte den Kopf auf meinen Arm und schlief ein.

Ich weiß nicht, wie viel Uhr es genau war, als ich aufwachte. Es war jedenfalls sehr spät. Der Mond war fast voll und die Bäume warfen lange Schatten ins Gras. Ich setzte mich auf, zitternd und steif, und dachte an meine Mutter. Ich hatte gesagt, ich bliebe nicht sehr lange fort. Sie sorgte sich bestimmt zu Tode! Ich packte meinen Sonnenschirm, sprang auf und eilte los. Ich rannte schnell von den Bäumen weg, um den See herum, zurück in den angelegten Teil des Parks, den Weg entlang hinunter zum großen Platz mit der Statue der Königin. Als ich

die Statue erreichte, blieb ich abrupt stehen. Ich sah Räuber zum ersten Mal seitdem Peter verschwunden war. Im Mondlicht erschien er mir bösartiger als je zuvor. Ich wich ein paar Schritte zurück und versteckte mich hinter der Statue. Aus einem unerklärlichen Grund machte er mir Angst.
Räuber bewegte sich geschmeidig um die Statue herum, setzte langsam einen Fuß vor den anderen, blieb stehen und schnupperte in die Luft ... und stolzierte weiter.
Äußerst vorsichtig schlich ich um die Statue herum. Meine Hände ruhten auf dem kalten Granitsockel. Ich fragte mich, welches Tier die Katze hier jagte. Dann entdeckte ich einen Landstreicher auf einer Parkbank. Er lag dort, den Mantel zum Kissen aufgerollt, und in einer Papiertüte stand eine Flasche Wein auf dem Boden. Fasziniert und verwirrt beobachtete ich, wie Räuber sich behutsam immer näher auf ihn zu bewegte. Der Penner schnarchte laut und drehte sich dann um. Räuber hielt inne, wartete einige Augenblicke, schlich weiter. Ich wusste nicht, was ich davon halten sollte. Wollte Räuber – ein Kater – einen Menschen angreifen? Das war ganz unmöglich.
Inzwischen hatte sich Räuber auf die Rückseite der Bank geschlichen. Leichtfüßig und leise sprang er auf die Lehne und sah auf den schlafenden Mann herab. Er hob seinen Kopf und starrte für einige Momente den Mond an, die Ohren flach an den Schädel gelegt. Sein Nackenfell stand zu Berge. Sein Maul war weit aufgerissen, die Zähne blitzten ... Dann sah ich etwas, das so schrecklich, so unvorstellbar war, dass ich beinahe in Ohnmacht fiel. Die Zähne des Tiers begannen zu wachsen, sein Kopf wurde größer, sein ganzer Körper dehnte sich aus und verwandelte sich. In we-

niger als fünf Sekunden hatte sich Räuber in einen Menschen verwandelt. Nein, nicht in einen Menschen – in einen Vampir!

Er blickte auf seine Beute herab. Voller Vorfreude rann Speichel aus seinen Mundwinkeln. Seine orangefarbenen Augen leuchteten vor Freude. Dann streckte er seine Hände nach vorne und öffnete sie. Lange scharfe Krallen kamen zum Vorschein.

Der Landstreicher stöhnte im Schlaf. Ich versuchte zu schreien, um ihn aufzuwecken, war jedoch sprachlos vor Schreck. Der Vampir fiel so schnell und wild über ihn her, dass ihn nichts hätte retten können. Ein Schrei klang durch den Park, als die scharfen Zähne sich in den Hals des alten Mannes bohrten. Sein Körper zuckte. Unglaube und Schock machten mich schwindelig und ließen mich zurücktaumeln.

Als ich die Augen wieder aufschlug, lag ich auf dem kalten Boden neben der Statue. Ich war in Ohnmacht gefallen. Mühsam rappelte ich mich hoch und schaute zur Bank hinüber. Der Vampir war fort und der Landstreicher war nirgends zu sehen. An seiner Stelle miaute kläglich eine getigerte Katze. Ich lief zu dem Tier hinüber, erstaunt und entsetzt darüber, wie sich das Puzzle langsam zusammenfügte: Das war auch mit Peter geschehen! Er war gar nicht verschwunden. Er war von dieser widerlichen Vampirkatze angegriffen worden! Das Kätzchen, das verhungernde Kätzchen war Peter!

Ich schrie vor Qual auf und rannte nach Hause, so schnell

ich konnte, schneller als ich je in meinem Leben gelaufen war. Mir kam plötzlich ein neuer und entsetzlicherer Verdacht. Nein, ich wusste: Das Kätzchen trank aus demselben Grund keine Milch wie Räuber. Es brauchte Blut! Peter selbst war eine Vampirkatze und er war mit meiner Mutter allein zu Hause!

Als ich das Gartentor erreichte, hielt ich abrupt an und starrte auf die Szene, die sich mir bot. Räuber saß auf dem Fenstersims. Die Vorhänge waren offen und drinnen schlief meine Mutter sitzend tief und fest. Alles, was ich von ihr sehen konnte, war ihr Kopf, der nach hinten auf die Rückenlehne des Sofas gekippt war – und auf der Rücklehne des Sofas stolzierte das Kätzchen, das von Räuber beobachtet wurde. Es war nach wie vor winzig, doch sein Gesicht war vor Hass und Blutgier verzerrt. Sein Fell sträubte sich, seine Krallen waren ausgefahren und sein Maul öffnete sich langsam, um den Reißzähnen eines Vampirs Platz zu machen, die rasch in seinem Maul wuchsen!
Mir war übel vor Ekel, wenn ich daran dachte, dass dieses Ding, dieser Baby-Vampir Peter war, dass er sich gleich in eine monströse Ausgabe meines Bruders verwandeln würde. Voller Wut und Verzweiflung schrie ich laut auf, tastete auf dem Boden nach einem Stein und schleuderte ihn ins Fenster. Alles schien in Zeitlupe abzulaufen. Ich sah, wie das Kätzchen wuchs. Es schwoll an wie ein Ballon, der aufgeblasen wurde. Ich sah, wie Räuber sich auf dem Fenstersims herumdrehte und mich wütend anstarrte. Und ich sah, wie der Stein die Fensterscheibe mit einem ohrenbetäuben-

den Klirren durchschlug. Zerbrochenes Glas fiel zu Boden: kleine Splitter und große gezackte Scherben.

Das Nächste, was ich mitbekam, war, dass meine Mutter im Wohnzimmer laut aufschrie. Das Vampirkätzchen war aus meinem Blickfeld verschwunden. Und Räuber fauchte voller Hass. Sein Körper blähte sich auf und wurde dicker. Er wuchs zur Größe eines riesigen Hundes an und stellte sich auf seine beiden Hinterbeine. Er wuchs weiter, verwandelte sich in eine Bestie halb Mann und halb Tier. Sein Fell wurde zu einem dunklen, wirbelnden Umhang, bis er als vollständig verwandelter Vampir und vor Wut spuckend vor mir stand, so wie ich ihn im Park gesehen hatte.

Mir blieb fast das Herz stehen. Ich wich zurück, hilflos und außer Stande meinen Blick von dem wutverzerrten Gesicht dieses Wesens abzuwenden. Nur seine Augen glichen denen

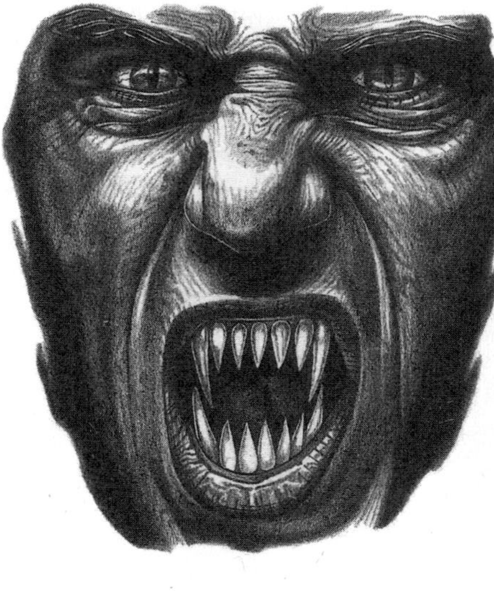

einer Katze, ein merkwürdiges Orange mit dünnen schwarzen Schlitzen anstelle der Pupillen. Sein Gesicht war ärgerlich verzogen und seine bleiche Haut hatte einen leichten grauen Ton, während seine tödlichen Reißzähne sich über seine Unterlippe bogen.

„Du Närrin!“, zischte er. „Du wagst es zu glauben, du könntest dich meinem Willen widersetzen? Dich mir widersetzen, der ich über fünfhundert Jahre gelebt und das Blut aus tausenden von Opfern gesaugt habe? Komm her“, fauchte er, „und ergib dich deinem Tod. Bereite dich darauf vor, ein Mitglied der Armee der Finsternis zu werden!“

In diesem Moment konnte ich weder wegrennen noch dem gehorchen, was er mir befahl. Meine Beine zitterten so heftig, dass ich mich unmöglich rühren konnte.

„Lass uns in Ruhe!“, kreischte ich schließlich. „Lass uns bitte in Ruhe!“

Er lachte. Sein verschlagenes Gesicht hellte sich vor Heiterkeit auf, aber seine tödlichen Reißzähne wurden nur noch besser sichtbar.

„Euch in Ruhe lassen? Aber du verstehst nicht. Zwei von euch sind noch übrig! Ich will, dass ihr eine kleine Vampirfamilie werdet. Du kannst nichts tun, um euch davor zu schützen. Du musst dein Schicksal akzeptieren. Komm her.“

Ich hatte das Gefühl, als hätte ich Bleifesseln an meinen Füßen, als ich auf ihn zuging. Er lächelte niederträchtig. Ich stand vor ihm und seine Oberlippe kräuselte sich verächtlich. Kurze Zeit standen wir so da und beobachteten einander aufmerksam. Im Haus konnte ich meine Mutter hören. Vor Angst wimmerte sie nur noch.

„Bist du bereit zu sterben?“, flüsterte der Vampir.

Ich nickte und spürte, wie seine Hände oder Krallen meine Schultern packten, als er seinen Kopf zurückwarf und seinen Mund weit aufriss. Ein widerliches Fauchen drang heraus. Genau in dem Moment, als er in meinen Hals beißen wollte, stieß ich ihm mit aller Kraft meinen Sonnenschirm zwischen die Kiefer. Er brüllte vor Wut und schlug mich zu Boden, sodass ich fast bewusstlos wurde. Er hustete und würgte – und riss den Sonnenschirm heraus.

„Mutter!“, schrie ich. „Dein Kreuz! Ich brauche dein Kreuz!“

Meine Mutter war nicht im Stande zu antworten. Ich rappelte mich hoch und versuchte zu entkommen, aber der Vampir verpasste mir einen weiteren Schlag, der mich gegen die Hauswand schleuderte. Ich lag atem- und hilflos über dem Fensterbrett des kaputten Fensters. Dieses Mal sollte ich keine zweite Chance haben. Außer sich vor Wut sprang der Vampir auf mich, packte mein Haar und bog meinen Kopf so zurück, dass mein Hals ungeschützt war.

Ich erinnere mich daran, dass ich zu der gezackten Fensterscheibe hinaufsah, die hoch oben am Fensterrahmen hing, und dachte: Ich werde sterben.

Ich schloss die Augen und wartete.

Warum dauerte das so lang? Genoss er die Aussicht, mein Blut zu schmecken? Verlangsamte sich im Moment des Todes die Zeit? Da hörte ich eine Art Pfeifen, ein angestrengtes Keuchen ... dann löste sich sein schraubstockähnlicher Griff. Ich schlug die Augen auf und sah, wie der Vampir rückwärts taumelte und sich an einem großen Dolch aus Glas fest hielt, der aus seiner Brust ragte. Er war von oben

direkt in seinen Rücken gefallen und hatte sich durch die Brust gebohrt.

Der Blick dieses Monsters ist nicht zu beschreiben – Empörung, Unglaube, Schock, diese Worte deuten seinen Ausdruck höchstens an. Er sank auf die Knie.

„Du …“, flüsterte er.

Was er sagen wollte, werde ich nie mehr erfahren. Seine Hände umklammerten fest den Glasdolch und das Blut seines Herzens vermischte sich so mit dem seiner Finger. Das orangefarbene Licht seiner Augen erlosch. Er fiel auf den Rücken. Der Aufprall auf den Boden trieb den roten, schimmernden Dolch aus Glas noch tiefer in seinen Körper. Die Wunde begann zu rauchen und innerhalb von Sekunden wurde der Vampir von Feuer verzehrt. Es blieb nichts von ihm übrig, außer einem versengten schwarzen Fleck auf dem Boden.

Ich rollte mich auf die Seite und schluchzte hysterisch. Keine Ahnung, wie lange ich so liegen blieb. Ich weiß nur, dass mir irgendwann bewusst wurde, wie meine Mutter sagte: „Peter, Peter!“ Immer wieder. Und zur selben Zeit hörte ich etwas, von dem ich geglaubt hatte, ich würde es nie wieder in meinem Leben hören … Peters Weinen.

„Peter!“, schrie ich und sprang auf. Meine Mutter hielt ihn in ihren Armen. Sie hielt ihn so fest, als ob sie ihn nie wieder loslassen wollte. Der Vampir war tot und sein Opfer war uns zurückgegeben worden.

# Die Bestie

In diesem Zimmer, in dieser Nacht um Mitternacht passierte mir etwas Unvorstellbares. Das Zimmer war ein gewöhnliches Zimmer mit einem Bett, einer Kommode, einem Schrank und einem Schreibtisch am Fenster. Auch der Tag war ganz normal gewesen. Ich war zur Arbeit gegangen, wieder heimgekommen und hatte zu Abend gegessen. Und ich ging zu Bett ohne den leisesten Verdacht, dass etwas Außergewöhnliches geschehen könnte.

Ich löschte die Gaslampe, rollte mich auf den Rücken und seufzte müde in die Dunkelheit. Vielleicht gähnte ich sogar. Ich bin mir nicht sicher. Und dann geschah es. Es fiel direkt von oben auf mich herab, als ob es an der Decke gehangen hätte, und im nächsten Augenblick waren zwei knochige Hände an meiner Kehle und drückten fest zu.

Ich hörte mich selbst nach Luft ringen, als ich seine Arme wegzudrücken versuchte. Plötzlich kämpfte ich um mein Leben. Außer Stande den mordgierigen Griff des Wesens zu lösen, das mich erdrosselte, schloss ich meine Arme um seinen Kör-

per – einen sonderbaren, prallen, muskulösen Rumpf – und drückte, so fest ich konnte. Ich hörte sein Schnaufen direkt an meinem Ohr, während wir uns wild prügelten und im Kampf um Leben und Tod wanden.

Ich war dabei, zu ersticken. Es fühlte sich an, als ob meine Augen von innen aus meinem Gesicht gedrückt würden, und ich hatte nicht einmal mehr genug Atem, um zu stottern, als – Sekunden, bevor ich bewusstlos wurde – sich der Griff an meinem Hals lockerte. Wir rollten auseinander. Mir war es möglich, einmal keuchend Atem zu schöpfen, da griff es wieder an. Es schlug mich mit seinen Pranken und grub seine scharfen Zähne in meine Schulter und meinen Hals. Obwohl es etwas kleiner als ich zu sein schien, war es unglaublich stark. Es war ein Kampf von grausamer Intensität. In Dunkelheit getaucht, nicht ahnend, was mich töten wollte, abgestoßen von der Berührung mit seiner Haut, versuchte ich, seine Schläge abzuwehren. Wir rollten in verzweifeltem Gerangel über den Boden.

Endlich, nach einem erschöpfenden Kampf, gelang es mir, meinen Angreifer auf den Rücken zu drehen und ihm mein Knie mit meinen ganzen Gewicht auf den Brustkasten zu drücken. Es schlug und wand sich, nach einer Weile jedoch gab es den Widerstand auf. Ich spürte sein Herz heftig pochen. Es war ebenso erschöpft wie ich.

Auf dem Stuhl in der Nähe lag ein großes Halstuch. Ich klemmte das Etwas mit den Knien unter mir fest und trotz seiner erneuten Versuche loszukommen, packte ich das Taschentuch und fesselte seine Handgelenke. Danach fühlte ich mich sicherer, wenn es auch nach wie vor äußerst anstrengend war, das Wesen auf dem Boden zu halten.

Mit meinem Knie auf seiner Brust zerrte ich es mit großer Mühe durch das Zimmer zum Nachttisch. Schnell wie der Blitz löste ich meinen Griff und drehte die Flamme der Gaslampe auf.

Das Unvorstellbare war schon einmal geschehen. Nun passierte es wieder. Ich schrie auf, nicht so sehr vor Schreck, mehr aus Bestürzung und Unglauben. Unter mir lag eine Bestie, die ich zu Boden drückte. Ich spürte das Heben und Senken ihres Brustkorbs, hörte ihr fürchterlich rasselndes Atmen und ich sah das Taschentuch, mit dem ihre Handgelenke gefesselt waren, aber die Bestie selbst sah ich nicht!

So fand mich David, mein Mitbewohner, als er in das Zimmer stürzte.

„Was ist los?“, fragte er. „Warum blutest du?“

Ich muss einen schlimmen Anblick geboten haben. Ich jammerte vor Angst und kämpfte verzweifelt mit einem Angreifer, den er nicht sehen konnte.

„Um Gottes willen hilf mir“, flehte ich. „Die Bestie hat mich beinahe umgebracht. Ich kann sie nicht mehr länger auf dem Boden halten!“

Er starrte mich an.

„Hilf mir!“, schrie ich.

„Ich rufe den Arzt.“

„Nein, bitte!“, flehte ich. „Komm her, David, bitte!“

Sobald er dicht genug war, packte ich seine Hand und drückte sie auf die Brust der Bestie herunter. Sein Gesicht wurde starr vor Grauen und er begann zu zittern. Dann öffnete er den Mund, wollte schreien, bekam jedoch keinen Ton heraus. Ich ließ sein Handgelenk los. Er wich zurück und kauerte sich in eine entfernte Ecke des Zimmers.

„Was ... was ist das?“

„Ich weiß es nicht.“

„Es ist unsichtbar!“ David brüllte urplötzlich so laut, dass es komisch gewesen wäre, hätte es nicht der Wahrheit entsprochen.

„Um Himmels willen, zum letzten Mal, hilf mir!“, bettelte ich.

Endlich schien er zu begreifen, wie erschöpft ich war. Er lief aus dem Zimmer und kehrte bald mit einem Knäuel gelber Kordel zurück. Wir verschnürten die Bestie fest und hatten zum Schluss ein engmaschiges Geflecht um ein unsichtbares Gebilde gewickelt. Das Etwas zerrte, drehte und dehnte sich, um sein Kordelgefängnis zu sprengen.

„Harry“, sagte David schließlich. „Das ist ... schrecklich.“

„Ja.“

„Es ist unmöglich.“

Nur wenige Zentimeter neben dem schnaufenden Etwas streckte ich mich auf dem Boden aus und schaute zur Decke.

„Glas ist durchsichtig“, sagte ich.

„Aber du kannst es trotzdem sehen.“

„Luft kann man nicht sehen.“

„Aber Luft atmet nicht, Luft lebt nicht. Luft“, sagte er heftig, „hat keine Zähne!“

„Was sollen wir machen?“, fragte ich.

Die ganze Nacht passten wir auf die Bestie auf und überlegten, was zu tun sei. Wir ließen sie keinen Moment aus den Augen.



„Hör zu“, flüsterte David nach einigen Stunden.

Das Etwas atmete tief und langsam. Es war eingeschlafen.

„Glaubst du, du könntest es für ein oder zwei Stunden allein bewachen?“, fragte David.

„Schon, obwohl ich das lieber nicht möchte. Warum?“

„Ich muss ein paar Dinge besorgen. Ich habe eine Idee, wie wir herausfinden können, wie es aussieht.“

„Es sieht wie nichts aus. Es ist unsichtbar.“

„Aber es hat eine Form“, antwortete er, „also muss es irgendwie aussehen. Ich bin bald zurück.“

„David, warte!“, zischte ich aus Angst, mit dem Ding, das mich hatte umbringen wollen, allein gelassen zu werden, doch David war schon halb aus der Tür.

Über eine Stunde später kehrte er zurück und hatte zwei große Eimer Gips dabei. Ich beobachtete ihn verwundert, während er den Gips noch einmal umrührte.

„Du willst doch nicht etwa einen Gipsabdruck von ihm machen?“

„Doch.“

„Aber es wird aufwachen!“

„Nein, wird es nicht.“

„Außerdem ist es fest verschnürt.“

„Ich werde die Schnur durchschneiden.“

Ich sah ihn an, als ob er ein kompletter Idiot wäre. Er lächelte mich an und zog eine kleine Flasche mit Flüssigkeit aus seiner Jackentasche.

„Chloroform“, erklärte er.

Er träufelte ein bisschen Chloroform auf sein Taschentuch und legte es dann dahin, wo er die Nase des Wesens vermutete. Es wachte sofort auf und begann zu kämpfen, aber

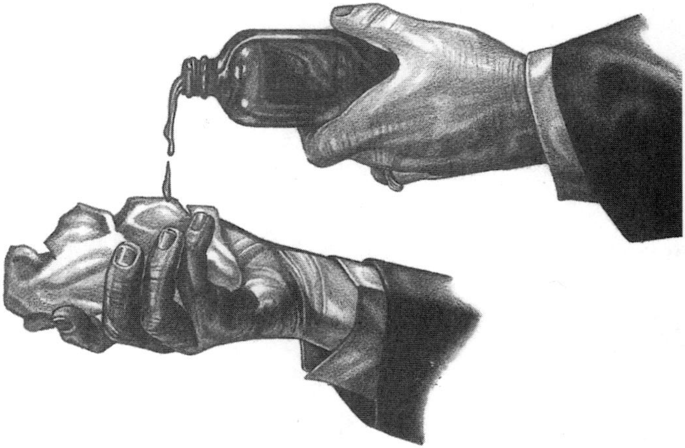

David drückte fest zu und innerhalb weniger Sekunden rührte sich das Kordelpaket nicht mehr. Es hatte das Bewusstsein verloren. David träufelte noch etwas Chloroform auf das Taschentuch.

„Sicher ist sicher", meinte er.

Als wir die Schnüre durchschnitten hatten, fühlte ich mich sehr verwundbar. Zuvor hatten wir wenigstens sehen können, wo das Etwas war. Jetzt gab es keinen Hinweis mehr auf seine Existenz, außer sein gleichmäßiges Atmen.

„Setz dich neben seinen Kopf", wies David mich an, „und hör genau hin. Bei dem geringfügigsten Anzeichen dafür, dass es aufwacht, drückst du ihm noch etwas Chloroform auf die Nase."

Er begann die Füße des Wesens mit einer dicken Gipsschicht zu bedecken.

Bis zum Mittag des nächsten Tages hatte David ein vollständiges Wachsmodell geschaffen. Noch nie habe ich eine schrecklichere Bestie gesehen und ich hoffe, nie wieder eine sehen zu müssen. Sie war nicht besonders groß, etwa so groß wie ein zwölfjähriger Junge, aber ihre riesigen, muskulösen Arme waren beinahe so lang wie ihr Körper. Es hatte Füße mit zwei Zehen, die mit langen, gebogenen Krallen ausgestattet waren. Der Rumpf war Furcht erregend, prall und strotzend vor Muskeln. Das Schlimmste war jedoch sein Maul. Kein Wunder, dass ich Fleischwunden davongetragen hatte: Die Lippen waren ständig zurückgezogen und zeigten eine grauenvolle Reihe nadelspitzer Zähne.

Während der nächsten paar Tage veränderte sich unsere Einstellung zu unserem unwillkommenen Gast. Wir überwanden unser Grauen und unseren Ekel zwar nie, aber gleichzeitig war es uns unmöglich, kein Mitleid mit ihm zu empfinden. Uns blieb keine Wahl, wir mussten es dauernd gefesselt lassen, was an Folter grenzte. Außerdem verhungerte es.

„Wenn es keine Suppe frisst, dann frisst es gar nichts", sagte David und beobachtete mich dabei, wie ich behutsam versuchte es mit Gemüsebrühe zu füttern. Mit Milch, Brot, Obst, Fleisch und Eiern hatten wir es bereits probiert.

„Ob es an der Kordel liegt?", fragte ich. „Vielleicht kann es sein Maul nicht weit genug aufmachen."

David beugte sich vorsichtig über das Gesicht des Wesens. Er nahm ein Taschenmesser und zerschnitt bedächtig ein paar Knoten, dort wo er das Maul vermutete.

„Versuche es jetzt noch einmal“, meinte er.
Ich lehnte mich erneut nach vorn, in der einen Hand den Löffel heißer Suppe und mit der anderen Hand tastete ich gewissenhaft nach seinem Maul.
„Dieses Mal wird es klappen“, sagte David, „ich glaube, das war es ...‘
„Aahh!“, schrie ich auf.
Die Bestie hatte sich ganz plötzlich bewegt und jetzt steckte mein Handgelenk in seinem Maul! Seine Zähne hatten meine Haut durchstochen. Voller Ekel sah ich herab und versuchte vergeblich meinen Arm wegzuziehen. Dünne Ströme Blut rannen über mein Handgelenk – als ob mein Blut durch unsichtbare Strohhalme aufgesaugt würde.
„Mein Gott“, flüsterte David.
Das Wesen trank und schluckte hastig. Wir sahen mein Blut sich in Luft auflösen, während es vom Maul in seine Kehle und seinen Magen floss. Im Magen wurde es dann binnen Sekunden unsichtbar.
„Befreie mich!“, jammerte ich.
David packte meinen Arm und versuchte ihn freizubekommen, was mich jedoch vor Schmerz aufschreien ließ. Das Blut sprudelte jetzt aus meinen Adern und ich fühlte mich schwach. Als David sah, dass ich kurz davor war, in Ohnmacht zu fallen, begriff er den Ernst der Lage.
„Mach dich auf etwas gefasst“, erklärte er mir.
Und dann riss er mit aller Kraft an meinem Arm. Ein Knacken war zu hören. Ein paar Zähne der Kreatur brachen heraus. Das wurde umgehend von meinem Aufheulen vor Schmerz und Schock übertönt. Mein Arm war frei, aber es fehlte ein Stück Fleisch, das in den abgebrochenen Zähnen

des Ungeheuers steckte. Blut spritzte aus der Wunde und David band schnell meinen Oberarm ab, um die Blutung zu verringern, und versorgte dann die eigentliche Wunde.

„Jetzt wissen wir wenigstens, wovon es sich ernährt", sagte er grimmig. „Von menschlichem Blut."

Wir sprachen lange darüber, was wir tun sollten. Wir wollten jemanden einweihen, sorgten uns allerdings gleichzeitig um die möglichen Folgen. Wenn die Presse von der Geschichte Wind bekam, könnte eine Panik ausbrechen.

„Am sichersten wäre, das Wesen zu töten", schlug ich schließlich vor.

„Das dürfen wir nicht", flüsterte David. „Verstehst du nicht, das hier ist das unglaublichste Phänomen der ganzen Welt. Und wir müssen ihm auf den Grund gehen!"

„Aber wie?"

„Ich habe noch nie etwas dergleichen gehört!", verkündete Dr. Higginson außer sich vor Aufregung und folgte mit zitternden Händen den Körperkonturen des Wesens.

Dr. Stephen Higginson war Davids Onkel. Er war Wissenschaftler an der Universität, Experte für Biologie und Naturkunde. Wir hatten ihn gebeten, uns zu besuchen, ohne ihm einen Grund zu nennen. Denn die Sache mit dem Wesen hätte er uns einfach nicht geglaubt.

„Wie erklären Sie es sich?", fragte ich.

„Obwohl ich es nicht erklären kann, bin ich sicher, dass es erklärt werden kann", antwortete er ziemlich rätselhaft. „Das, mein Freund, ist eine der Grundannahmen aller Wissenschaft."

„Es atmet kaum noch", sagte David.
Der Doktor legte sein Ohr auf die Brust des Monsters.
„Hmm. Sehr schwach."
„Wie lange wird es noch durchhalten?", fragte ich.
Dr. Higginson antwortete nicht. Er runzelte konzentriert seine Stirn und war tief in Gedanken versunken.
„Außergewöhnlich", sagte er wieder.
„Was?"
„Das Herz und der ganze Atemmechanismus der Bestie. Beides scheint völlig anders als das menschliche System zu funktionieren. Faszinierend."
„Was wollen Sie tun?"
„Ich möchte es gerne einigen Laborversuchen unterziehen. Es gibt bestimmte kleine Meerestiere, die größtenteils durchsichtig sind. Ich würde gerne die Gewebe vergleichen. Und doch ..."
„Was?"
„Unsichtbare organische Materie ist etwas völlig anderes als transparente organische Materie." Erneut horchte er die Brust des Monsters ab. „Außergewöhnlich. Wovon ernährt es sich?"
Verlegenes Schweigen.
„Blut. Menschliches Blut."
„Wie?"
„Deshalb sind wir ja so besorgt, was passieren könnte, wenn es entkommt oder in die falschen Hände gerät."
„Es ist unbedingt erforderlich", sagte der Doktor entschieden, „dieses Wesen in eine kontrollierte und sichere Umgebung zu schaffen und unter korrekte wissenschaftliche Aufsicht zu stellen."

„Aber wenn Sie es in die Universität bringen, wird die Sache bekannt werden. Es könnte eine Massenpanik ausbrechen."

„Hmm", überlegte Dr. Higginson, „vielleicht könnten wir es in mein privates Labor bringen. Nur wir drei wüssten davon. Sobald ich natürlich festgestellt habe, was es ist und warum es unsichtbar ist ..."

Ich hatte den Eindruck, dass er bereits an den Ruhm und die Ehre dachte, die ihm als Wissenschaftler zuteil würden, falls er das Geheimnis der unsichtbaren Bestie enträtseln sollte.

Als es dunkel wurde, wickelten wir die Bestie in eine Decke und schmuggelten sie in das Haus von Dr. Higginson, das etwa eine halbe Meile entfernt lag.

Die Diener des Doktors, ein Ehepaar namens Mr und Mrs Trewin, hatten den Abend freibekommen. Sobald wir im Haus waren, trugen wir die Bestie zum Labor in den Keller hinunter. Die schwere Falltür, versprach Dr. Higginson, wollte er stets verriegelt lassen. Dann ließen wir ihn allein, damit er seine Versuche machen konnte.

In dieser Nacht schlief ich zum ersten Mal wieder tief und fest in meinem Bett, seit das Wesen aufgetaucht war. Frisch gestärkt und mit neuem Interesse für den Fall erwachte ich. David schien es ähnlich zu gehen. Sobald wir gefrühstückt hatten, machten wir uns auf den Weg durch die Stadt zum Haus des Doktors. Als wir auf den Eingangsstufen standen und darauf warteten, dass die Tür geöffnet würde, beschlich mich eine erste Vorahnung.

„Das dauert aber lange."

„Vielleicht liegen die Diener nach ihrem freiem Abend noch im Bett", sagte David. „Er lässt ihnen viel zu viel durchgehen."

Ich läutete erneut. Nichts.

„Ich glaube ja nicht, dass die Tür schon offen ist", meinte David und drückte die Klinke herunter. „Ach. Nein."

„Lass uns durch den Garten gehen."

Die große Villa des Doktors war von einem kleinen Park umgeben. David und ich kletterten über die hintere Mauer und gingen an den Bäumen vorbei zur Rückseite des Hauses. Wir liefen gerade über die Wiese, als David überrascht aufschrie: „Schau, die Tür!"

Sie war in Stücke zerschlagen. Nur ein kleines Stück Holz hing noch in der Türangel. Ein Vorhang flatterte im Wind.

„Komm!"

Wir hasteten hinein und liefen zur Falltür. Ich konnte nicht glauben, was ich sah: In der Mitte klaffte ein großes Loch. David riss hektisch die zersplitterten Holzteile fort und stieg die Leiter in das Labor hinunter. Ich hörte, wie er laut nach Luft schnappte, bevor ich selbst Zeuge der Verwüstung wurde: Zerbrochenes Glas, umgestürzte Möbel, Chemikalien schwammen auf dem Boden. Es war, als ob ein Wirbelsturm das Zimmer verwüstet hätte.

„Sieh mal", sagte David finster und hielt einige Fetzen der gelben Kordel hoch.



„Ich kann einfach nicht glauben, dass er die Bestie losgebunden hat."

„Er muss es getan haben.“
„Aber warum?“
Mein Freund zuckte traurig mit den Achseln.
„Seine wissenschaftliche Neugier muss ihn dazu verführt haben.“
Wir entdeckten den Doktor unter einem umgekippten Labortisch. Ich werde nie vergessen, wie er aussah. Qual hatte sich in seine Gesichtszüge gefressen und seine Kehle war in einer Linie fein durchlöchert. Mehr als alles andere entsetzte mich jedoch, dass er nahezu schneeweiß war. Selbst seine Lippen waren weiß. Die Bestie hatte den letzten Tropfen Blut aus dem Körper des Mannes gesaugt.
„Dieser Narr!“, schrie David auf.
„Glaubst du ... dass die Bestie noch hier ist?“
Wir sahen uns unbehaglich um. Ein paar blutige Fußabdrücke hörten irgendwo auf. Daran war nicht zu erkennen, ob sie nur ein paar Meter von uns entfernt lauerte oder woanders im Haus oder ob sie für immer in den Straßen der Stadt verschwunden war.
„Die Diener!“, rief ich plötzlich. „Wir müssen nachsehen, ob sie wohlauf sind.“

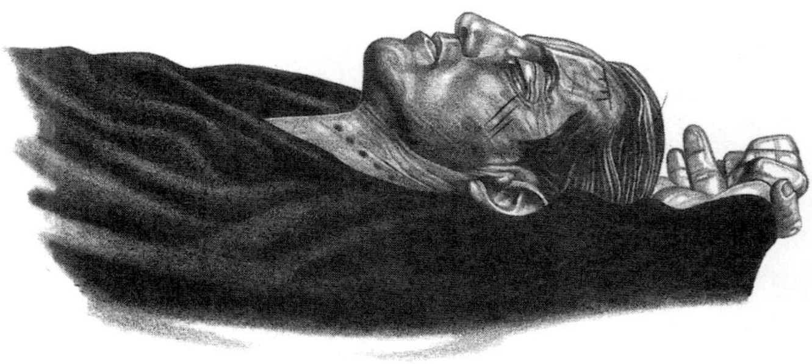

„Was wir auch tun“, sagte David, als wir die Leiter ins Erdgeschoss hinaufstiegen, „wir müssen zusammenbleiben.“ Dazu war ich nur allzu bereit.

Mr und Mrs Trewin waren gleichzeitig Koch, Butler, Haushälterin, Handwerker und Gärtner. Obwohl es unwahrscheinlich war, hoffte ich, dass sie außer Haus gewesen waren, als die Bestie entkommen war. Ein älteres Ehepaar hatte sicher nicht die geringste Chance.

Ich ging voran und wir überprüften schnell das Wohnzimmer und das Esszimmer – nichts Außergewöhnliches – und eilten dann zu den Räumen der Diener. Wir rannten durch die Halle zur Küche. Noch in der Tür sah ich ein Paar Beine unter dem Küchentisch hervorragen. Mrs Trewin hatte dasselbe Schicksal ereilt wie den Doktor, wenn auch ihre Haut nicht so schneeweiß war. Anstelle der sauberen Linie von Löchern am Hals zeigte ihre Kehle die Spuren eines schnellen, wilden Angriffs.

„Das Blut ist noch frisch“, sagte David, der neben ihr kniete. „Sie wurde nicht letzte Nacht getötet, sondern erst heute Morgen.“

Ich nahm ein Küchenmesser vom Tisch.

„Was jetzt?“, fragte ich.

Da! Ein Geräusch. David und ich schauten uns an. Es klang, als ob etwas in einem nahe gelegenen Zimmer umgeworfen worden war.

„Die Speisekammer“, flüsterte er und zeigte auf eine Tür. Auch er ergriff ein Messer. Auf Zehenspitzen schlichen wir zur Speisekammertür. Mein Herz hämmerte. Meine Beine waren weich wie Gummi. Ich wusste nicht, was wir tun sollten, aber ich wusste, unser Leben war in großer Gefahr. Schon hatte David die Tür aufgerissen. Wir standen im Rahmen und streckten die Messer vor uns aus. In Sekundenbruchteilen erkannten wir, was sich abspielte. Auf dem Boden im engen Gang zwischen den Vorratsregalen lag Mr Trewin auf dem Rücken und seine Hände rangen mit etwas an seinem Hals. Blut sickerte in dünnen Rinnsalen aus seiner Kehle und löste sich in Luft auf.

David warf sich auf das unsichtbare Etwas, doch es musste in dem Moment weggesprungen sein, denn David landete schwer und unmittelbar auf Mr Trewin.

„Lass es nicht heraus!“, schrie David vom Boden.

Ich meinte, ich sähe einen verschwommenen roten Tropfen durch die Luft auf mich zukommen: Es war das frische Blut im Magen der Bestie.



Ich geriet in Panik. Kreischend vor Grauen schlug ich wild um mich und mein Messer schlitzte dabei zufällig einen großen Mehlsack auf einem Regal auf. Es war wie eine kleine Explosion. Plötzlich war überall Mehl. Es wirbelte in dichten Wolken durch die Luft, bedeckte mich, die Regale, David und die Bestie ... Sie sah aus wie der sichtbare Geist ihrer unsichtbaren Gestalt. Sie stürzte sich auf mich und ich fiel rückwärts in die Küche, die Bestie auf mir. Ich schrie in Panik und versuchte sie mit meinem Messer niederzustechen, doch mein Arm wurde von ihrem Gewicht heruntergedrückt. Das Ungeheuer prustete und grunzte fürchterlich in mein Ohr, während es seine Zähne in meinen Hals zu bohren versuchte. Ich glaube, ich war nur Sekunden vom Tod entfernt, als es ein Geräusch ausstieß, das ich zuvor nie gehört hatte – eines, das ich nicht einmal beschreiben kann, das aber irrsinnig laut war.

David stand über uns und rammte ihm das Messer immer wieder zwischen seine Schulterblätter. Dann war es still. Sein toter Körper lag schwer auf mir, als David keuchend auf uns schaute.

„Nimm es runter von mir“, stöhnte ich.

Er stieß es grob fort und es rollte in einer weißen Staubwolke auf den Boden. Ich blieb erschöpft liegen. David ging in die Speisekammer zurück, um nach Mr Trewin zu sehen, kam jedoch gleich wieder zurück.

„Er ist tot.“

Ich antwortete nicht.

„Bist du okay?“

Er zog mich hoch und wir blickten auf die Bestie herab, die aus dem Nichts gekommen war und drei Menschenleben auf dem Gewissen hatte. Sie war noch leicht mit Mehl bestäubt, dennoch konnten wir direkt hindurchgucken. Als ob wir durch Milchglas sahen.

„Die Polizei wird ihren Augen nicht trauen", sagte ich.

Eine Minute oder länger starrten wir das Wesen an. Dann sagte David: „Was ist das? Was passiert jetzt?"

„Was meinst du?"

„Wo ... wo geht es hin?"

Die Bestie verschwand allmählich. Das Mehl auf ihrem Körper rieselte sanft zu Boden. Ich rannte in die Speisekammer, holte mit meinen Händen mehr Mehl und streute es über das Wesen, doch da war fast kein Wesen mehr. Es war, als ob das Etwas schmolz oder sich in nichts auflöste. David kniete sich hin und tastete über den Boden.

„Es ist nicht mehr da!" Er weinte fast vor Verzweiflung.

Das Ungeheuer war anscheinend anderen biologischen Gesetzen unterworfen als wir Menschen. Es tauchte nun womöglich an einem anderen Ort oder in einer anderen Welt auf! Oder bedeutete sein Verschwinden, dass es wirklich tot war? Wir wussten es nicht. Sicher war nur eines: Wir blieben mit drei Leichen zurück und der Gewissheit, dass uns niemand glauben würde, wenn wir erklären würden, wie sie gestorben waren.

# Die Rache

Alle waren sich einig: Charles Gratmar hätte nie in die Armee eintreten dürfen. Charles war ein in sich zurückgezogener, verträumter junger Mann und die Garnison in der Nähe von San Francisco galt als eine der härtesten Amerikas. Dort wurde der kleinste Fehler prompt und brutal bestraft und die Männer der Garnison verbrachten ihre dienstfreien Stunden mit Trinken, Streiten und Wetten.
„Das wird dich kaputt machen“, sagte sein Vater, der alles über das Armeeleben wusste, „oder in den Wahnsinn treiben. Innerhalb eines Jahres wirst du desertieren oder dich oder jemand anderen umbringen!“
Charles hatte seinen Kopf geschüttelt und gelacht. Aber es dauerte nur drei Monate bis die Voraussage seines Vaters eintraf.
Ein Offizier machte Charles das Leben ganz besonders schwer. Hauptmann Smith. Er war ein kleiner, rotbäckiger, ständig fluchender Tyrann. Die Achtung seiner Rekruten gewann er allein dadurch, dass er in jedem Jahrgang einen von ihnen zum Sündenbock erkor und ihn dann so lange piesackte, bis derjenige zusammenbrach. Und in diesem Jahrgang war Charles der Sündenbock. Von morgens bis abends wurde er tyrannisiert und körperlich gezüchtigt.
Eines Tages, nachdem Charles auf dem Exerzierplatz verspottet und gedemütigt worden war, konnte er nicht mehr. Er fiel auf die Knie und weinte.
„Aufstehen!“, schrie Hauptmann Smith wütend. „Sie erbärmlicher Hund, Sie feiger, Waschlappen! Aufstehen!“

Zu angewidert, um weitere Worte zu vergeuden, packte er ein Gewehr, prügelte damit brutal auf Charles' Kopf und schlug ihn dadurch zu Boden.

„Sergeant, bringen Sie dieses heulende Baby in die Kaserne."

„Zu Befehl, Sir!", schrie der Sergeant.

„Und morgen früh", fügte Hauptmann Smith hinzu, „sperren Sie ihn in die Grube."

Eine Pause trat ein.

„Sir?"

„Noch Fragen?"

„Nein, Sir!"

Die Grube war ein Loch in der Erde mit einer Metallplatte als Abdeckung. Es war weder so breit, dass man sich hinlegen konnte, noch tief genug, um aufrecht zu stehen. Nach innen verjüngten sich die Wände steil, sodass es sogar unmöglich war, sich halbwegs bequem hinzuhocken. Und an heißen Tagen konnte die Hitze so schlimm werden, dass Männer ums Leben kamen – und das war auch schon oft passiert.

Irgendwann während der Nacht verschwand Charles.

Als Hauptmann Smith am frühen Morgen des nächsten Tages in seinem Büro saß und davon erfuhr, gab er vor wütend zu sein, insgeheim jedoch war er froh. Er hatte den Beginn der Strafe absichtlich herausgezögert, um seinem Opfer Zeit zu geben, sich die Schrecken der Grube auszumalen. Er hatte gewollt, dass Charles Gratmar desertieren würde, und der elende Wurm hatte ihm den Gefallen getan. Auf Fahnenflucht stand nämlich die Todesstrafe.

„Organisieren Sie einen Suchtrupp", befahl er dem Sergeanten, „informieren Sie alle Eisenbahnlinien, geben Sie an alle Sheriffs auch der entlegensten Städte eine Beschreibung. Bis zum Einbruch der Nacht erwischen wir ihn."

Als er wieder allein in seinem Büro war, erlaubte sich der Hauptmann ein zufriedenes Lächeln. Dann bemerkte er einen Brief auf seinem Schreibtisch.

An Hauptmann Smith.

Weil ich auf Ihren Tod mehr Wert lege als auf mein eigenes Leben, werde ich mich umbringen. Wenn ich sterbe, wird mein Rachegeist erscheinen. Er wird sich in Ihre Träume schleichen und Ihren Verstand heimsuchen. Wohin Sie auch schauen, werden Sie ihn sehen. Wohin Sie auch gehen, er wird Ihnen folgen. Wo auch immer Sie sich verbergen, er wird Sie finden. Er wird nicht eher ruhen, bis Sie tot sind. Es ist eine Freude, mich umzubringen.

Charles Gratmar.

Niemand würde bezweifeln, dass Hauptmann Smith ein tapferer Soldat war. Er hatte oft gekämpft und schon an vielen Feldzügen teilgenommen. Er war über ein dutzend Mal verwundet gewesen und er hatte, so wurde erzählt, mehr als zwanzig Männer getötet. Und doch war das lediglich der Mut eines Tieres. Wie viele tyrannische, rein körperlich ausgebildete Männer war der Hauptmann nie den dunkleren Schrecken begegnet, die im Verstand lauern.

Nun umklammerte er den Brief und schluckte nervös. Er wollte sich nicht von einem Stück Papier beunruhigen lassen. Und doch ... Angst überfiel ihn. Nicht die Angst vor einer Schlacht – ein Soldat ist ein schlechter Soldat und ein Narr, wenn er die nicht fühlt. Es war etwas Schlimmeres: Es war die Furcht vor dem Unbekannten.

Da hörte er ein leises Quietschen. Er blickte auf und sah, wie die Öllampe am Haken von einer Seite zur anderen schwang. Während er das beobachtete, begriff er langsam, dass alles im Zimmer in Bewegung geraten war: Der Tisch vibrierte, die Papiere darauf verrutschten, ein Briefbeschwerer fiel vom Tisch und zerbrach auf dem Boden. War es das? Das Erscheinen des Rachegeists? Wenige Sekunden darauf endete die Vibration und eine unheimliche Stille folgte.

Hauptmann Smith zwang sich, seinen törichten Aberglauben zu belächeln, verharrte dennoch regungslos an seinem Schreibtisch. Die unheimliche Stille verwirrte ihn. Eine halbe Minute später drangen Lärm und Rufe von draußen zu ihm herein, und dann stürzte ein Korporal ins Zimmer.



„Explosion, Sir, eine große! Es heißt, auf dem Schießplatz."

Hauptmann Smith riss sich zusammen. Nicht die Gegenwart eines Rachegeists hatte er gespürt – wie konnte er nur etwas so Lächerliches glauben –, sondern schlicht eine Explosion.

„In Ordnung, Korporal. Gehen wir und sehen nach."

Es war tatsächlich eine gewaltige Explosion gewesen. Der Krater hatte einen Durchmesser von mindestens fünf Metern.

Charles Gratmar hatte eine große Menge Dynamit aus dem Arsenal der Garnison gestohlen, es in die Mitte des Schießplatzes gelegt und die Zündschnur angezündet. Außer ein paar Uniformfetzen und Knochenteilen war von Gratmar nichts übrig geblieben.

Hauptmann Smith beschloss, den Brief Gratmars zu verbrennen, und stürzte sich mit neuer Begeisterung in das Armeeleben. Den ganzen Tag füllte er mit Arbeit aus. Doch wenn er in der Nacht schließlich zu Bett ging, dachte er stets an die fürchterlichen Drohungen des Briefs.

Als er sich eines Nachts in seinem engen Bett hin und her wälzte, schossen ihm einzelne Passagen durch den Kopf:

*Ihr Tod ist mir mehr wert als mein Leben ... Mein Rachegeist ... Wohin Sie auch schauen, werden Sie ihn sehen ...*

Der Hauptmann setzte sich auf und fluchte, weil er wütend war über sein memmenhaftes, feiges ... Dann starrte er auf das Fenster. Die Vorhänge waren zwar zugezogen, aber nicht ganz geschlossen. Dazwischen sah er ... Nein, es war nur seine Fantasie, die ihn narrte. Da war nichts. Er senkte den Blick, rieb sich die Augen, schaute erneut auf und ... sah ein starrendes Auge, eine Nase, einen Teil eines nicht lä-

chelnden Mundes. *Wohin Sie auch schauen, werden Sie ihn sehen …*
Das Gesicht verschwand und der Hauptmann zog sich die Decke über den Kopf.

Bald schon machten sich die anderen Offiziere Sorgen um den Hauptmann, denn er wurde unberechenbar. Er vergaß, was er gesagt und was man ihm berichtet hatte, oder gab widersprüchliche Befehle. Sein Verhalten wurde tatsächlich so sprunghaft, dass General Towner, der befehlshabende Offizier der gesamten Garnison, ihn um eine Unterredung bat.

Hauptmann Smith bereitete sich für sein Gespräch mit General Towner sehr gründlich vor. Die Armee war sein Leben und der Gedanke daran, das zu verlieren, war unerträglich. Er befahl seinem Burschen, seine Stiefel auf Hochglanz zu polieren, und ließ seine Uniform dreimal an die Wäscherei zurückgehen, bis er mit den Bügelfalten zufrieden war. Im

Spiegel rückte er seine Mütze zurecht und sah einen vorbildlichen Armeeoffizier vor sich.
Obwohl die Bilder des toten Soldaten immer noch durch die Träume des Hauptmanns geisterten, hatte er keine weiteren nächtlichen Erscheinungen gehabt. Es stimmte, gestand er sich selbst ein, dass ihn der Brief des Toten nervös gemacht und zu einigen Fehlern verleitet hatte. Jetzt jedoch, glaubte er, sei das Schlimmste überstanden. Wer konnte beschwören, dass das Gesicht am Fenster wirklich Gratmars Gesicht gewesen war? Und die Träume würden mit der Zeit allmählich verblassen und er würde seine frühere Autorität zurückgewinnen.
Er richtete seine Mütze noch einmal aus, sah auf seine Armbanduhr und machte sich auf. Als er die Tür des Generals erreichte, versäumte ein vorübergehender Soldat, ihn zu grüßen.
„Sie da“, bellte Hauptmann Smith, sehr froh, vor dem Quartier des Generals seine Autorität zur Schau stellen zu können. Der Soldat reagierte nicht. In einen riesigen Militärmantel mit Kapuze gehüllt, latschte er in unverschämter Manier vorbei. Nach all den Jahren militärischen Drills empörte den Hauptmann diese offenkundige Aufsässigkeit.
„Sie da ... still gestanden!“ Die Gestalt blieb stehen. „Wie können Sie es wagen, einen Offizier nicht zu grüßen!“, brüllte Hauptmann Smith und marschierte auf den Mann zu. „Drehen Sie sich um, Soldat.“
Langsam drehte sich die Gestalt um und hob den Kopf. Hauptmann Smith blickte in ein Gesicht mit geschlossenen Augen. Die Augen öffneten sich. Es waren die anklagenden Augen des Gefreiten Gratmar. Das neu gefundene Selbst-

vertrauen des Hauptmanns schwand wieder dahin. Er trat zurück.

„Lassen Sie mich in Ruhe!“, bettelte er.

Ohne eine Miene zu verziehen schüttelte die Gestalt langsam den Kopf. Dann hob sie einen langen, bleichen Finger und fuhr sich damit in unzweideutiger Geste langsam über die Kehle. Sie schloss die Augen, drehte sich um und schwebte davon.

„Hauptmann Smith, da sind Sie ja!“, rief wenige Sekunden später der General von der offenen Tür her. „Was stehen Sie da draußen rum? Kommen Sie sofort herein!“

Der General entschied schnell, dass der Hauptmann geisteskrank war und ließ ihn zwei Monate zwangsweise krankschreiben.

Hauptmann Smiths Zustand verbesserte sich im Sanatorium von San Francisco nicht. Alles, was im Brief vorausgesagt worden war, wurde wahr. Der Geist schlich in seine Träume und suchte seinen Verstand heim. Wenn er aus seinem Fenster in den Park des Sanatoriums schaute, sah er immer wieder den toten Gratmar zwischen den Bäumen hin und her huschen. Wenn er in die Stadt ging, folgte ihm der Tote. Der Zustand des Hauptmanns verschlechterte sich sogar noch. Und innerhalb weniger Wochen kämpfte er um den letzten Rest seines Verstandes.

Das verzweifelte Bemühen um seine Gesundheit veranlasste ihn, ein Medium aufzusuchen. Es gab viele so genannte „Medien“ in San Francisco und nahezu alle waren skrupellose Betrüger. Sie behaupteten, mit den Toten sprechen zu können und kassierten Geld für die Geschichten, die ihre Kunden hören wollten. Doch Hauptmann Smith war derart verzweifelt, dass er bereit war alles zu versuchen.

„Nun gut“, sagte das Medium, eine alte Frau mit langem, weißem Haar, „ich sehe, dass Sie vor kurzem sehr gelitten haben.“

„Ja, das habe ich“, flüsterte Hauptmann Smith heiser.

„Sie haben richtig gehandelt, indem Sie zu mir gekommen sind“, sagte sie und dachte, dass Sie einem Hauptmann der Armee leicht das Doppelte berechnen könnte. „Ich lege meine Hände auf Ihren Kopf ... so. Und nun erzählen Sie mir etwas über Ihr Leiden.“

Stockend und stotternd erzählte er, wie er vom Geist eines toten Mannes heimgesucht wurde.

„Ein Mann, den ich schlecht behandelt habe“, flüsterte er, „ein Mann, den ich dazu getrieben habe, sich das Leben zu nehmen, erscheint mir immer! Jetzt erscheint er mir in einem Kapuzenmantel und öffnet anklagend seine Augen, die sich in meine schuldige Seele bohren!“

„Ja, es ist wahr!“, zischte die alte Frau. „Ich kann es sehen, Sie tragen die Schuld an seinem Tod!“

Der Hauptmann jammerte.

„Verzweifeln Sie nicht“, fuhr sie fort. „Noch ist Zeit. Ich muss den Geist des toten Mannes rufen.“

„Können Sie das?“, fragte er mit zitternder Stimme. „Wird er kommen?“

„In der Geisterwelt, mein Lieber, ist nichts sicher, aber wenn die Mächte uns wohlgesonnen sind ...“



„Ich will ihn nicht sehen!“, schluchzte Hauptmann Smith.

„Er erscheint allein mir“, beruhigte ihn das Medium, froh

darüber, dass ihr Kunde selbst keinen Geist sehen wollte. Einige Leute wollten das und konnten ziemlich unangenehm werden, wenn die Geister nicht erschienen. „Wie war sein Name?“

„Gratmar ... Charles Gratmar.“

„Schließen Sie Ihre Augen und versuchen Sie sich auf seinen Geist zu konzentrieren.“

Hauptmann Smith tat es. Ihre Hände strichen über seinen Kopf, seine Schultern und Arme und ergriffen schließlich seine Hände. Von Seite zu Seite schwingend, begann sie sonderbar zu stöhnen.

„Charles Gratmar!“, rief sie endlich. „Charles Gratmar! Du, der du zur anderen Seite hinübergegangen bist, gebe dich uns, den Lebenden, zu erkennen!“

Während sie dieselben Worte am laufenden Band murmelte, die sie bei jedem benutzte, der durch ihre Tür trat, wimmerte Hauptmann Smith.

„Aaah ...“, seufzte sie, „er erscheint ... Sein Bild wird deutlicher ... Ich kann ihn sehen ...“

„Sie können ...?“

„Ein Soldat in einem großen Mantel!“

„Ja!“

„Der anklagend seine Augen öffnet!“, zischte sie.

„Ja!“

„Er ist sehr ungerecht behandelt worden. Er kann nicht ruhen, bis der Lebende und der Tote sich versöhnt haben. Charles Gratmar, der du diese erste Welt verlassen hast, wirst du die Reue und die Schuld dessen, der dich ungerecht behandelte, anerkennen? Wirst du aufhören, seine gefolterte Seele zu quälen?“

„Was macht er?“, fragte Hauptmann Smith bittend und starrte mit weit aufgerissenen Augen das Medium an. „Was sagt er?“

„Er ist vom Kummer über seinen eigenen Tod gebeugt“, antwortete sie und blickte auf etwas vermeintlich weit Entferntes. „Er presst seine Finger an die Schläfen. Tränen schwimmen in seinen geisterhaften Augen. Charles Gratmar!“, rief sie noch einmal. „Du, der du mit den Schatten der Toten in unbekannten Ländern wanderst, erlöse diesen Mann von deinem Fluch! Gebe ihn frei!“

Sie begann heftig zu zittern, bereitete sich selbst auf das große Finale vor: Der Geist von Charles Gratmar würde wie durch ein Wunder versöhnlich werden und gutwillig lächeln. Und sie würde verkünden können, dass der Fluch aufgehoben und dem Hauptmann Smith verziehen worden sei. In glückseliger Bereitschaft für diese großartige Verkündung schlug sie ihre Augen auf ... Dann kreischte sie in nackter Panik auf, stolperte rückwärts und deutete auf die Tür. Da stand, unheilvoll und unbeweglich, in einen dunklen Umhang und mit übergezogener Kapuze gehüllt der Geist von Charles Gratmar.

„Heilige Mutter Gottes, rette mich!“, wimmerte die alte Frau.

Hauptmann Smith drehte sich langsam um. Sein Mund war trocken. Er begann zu schluchzen und mit zusammenhanglosem Geplapper zu betteln. Die Erscheinung betrachtete ihn, starr und voller Verachtung. Dann redete sie zum ersten Mal.

„Heute Abend“, flüsterte sie krächzend, „werden Sie sterben.“

„Neeiiiiiiinnnnn!“, schrie der todunglückliche Hauptmann.

„Wohin Sie auch geschaut haben, sahen Sie mich. Wohin Sie auch gegangen sind, ich bin Ihnen gefolgt. Heute Abend werde ich Sie finden, egal wo Sie sich verstecken.“

Der Hauptmann schlug sich die Hände vors Gesicht und zitterte vor Grauen und Kummer. Als er das nächste Mal aufsah, war er mit der alten Frau allein.

„Hinaus aus meinem Haus!“, fauchte sie ihn an. „Sie sind ein Mann des Bösen. Gehen Sie! Sofort! Hinaus!“

Als Hauptmann Smith aus dem Haus des Mediums stolperte, hatte er nur eines im Sinn: entkommen. Er rannte die Straße hinunter und mietete eine Kutsche. Zwanzig Minuten, nachdem er den Kapuzengeist gesehen hatte und während sich die Nacht über den Staat Kalifornien senkte, ließ er den Ort seiner Qual zurück.

Es war eine kalte Nacht. Der Kutscher zog sich seine Decke fester um die Schultern und trieb die Pferde an. Sein Passagier – solch einem sonderbaren Mann war er noch nie begegnet – hatte gesagt, dass er das Doppelte zahlen würde, wenn sie noch vor Mitternacht die nächste Stadt erreichen würden. Während der Kutscher so über seinen Passagier nachdachte und zu dem Schluss kam, dass der wahrscheinlich vor der Polizei flüchtete, glaubte er, neben dem Ge-

räusch der galoppierenden Pferde etwas Merkwürdiges zu hören. Etwas zwischen einem Schrei und einem erstickenden Geräusch, fast wie ein schrilles Prusten. Er zügelte die Pferde.

„Hallo, Sie da!“, rief er und sprang vom Kutschbock herunter. „Ist alles in Ordnung?“

Keine Antwort.

Er nahm eine der Lampen von der Vorderseite der Kutsche aus ihrer Halterung und ging zur Tür der Kutsche.

„Hallo, Sie da!“, wiederholte er und klopfte an die Tür. Er hielt die Lampe hoch und sein Blick blieb an etwas Glänzendem an der Seite der Kutsche hängen. Er berührte und überprüfte die dunkle Flüssigkeit auf seiner Fingerspitze näher – Blut! Unten aus dem Türspalt quoll Blut hervor und tropfte auf den Boden.

Der Kutscher zögerte, bevor er den Schlag öffnete und schaute sich um, als ob er von irgendwoher Hilfe erwarten würde. Er wusste, er musste es tun, holte tief Luft, packte die Türklinke, zog den Schlag auf und sprang dann mit einem Schrei voller Ekel zurück.

Hauptmann Smith musste gegen die Tür gelehnt gesessen haben. Jetzt fiel sein Oberkörper zurück und schlug dumpf gegen die Seite der Kutsche. Die Kehle des Mannes war durchschnitten.

Ein paar Sekunden starrte der Kutscher auf den grausigen Anblick, dann hob er seine Lampe hoch und untersuchte im Lichtschein das dunkle Innere der Kutsche. Dort musste die Ursache dieses Mordes zu finden sein! Doch alles, was er sehen konnte, waren die leblosen Beine von Hauptmann Smith.

Plötzlich begann der Kutscher vor Angst zu wimmern.
„Erbarmen! Töten Sie mich nicht! Bitte!“
Von der anderen Seite der Kutsche spähte durch das staubbedeckte Fenster ein unbewegliches Gesicht herein. Etwas in dem tödlich starren Blick ließ den Kutscher versteinert auf der Stelle verharren. Dann verschwand die Gestalt in der Dunkelheit.

Viele Jahre nach diesen Ereignissen kam ein älterer Herr in San Francisco an. Er hatte hier seine Kindheit verbracht. Vor vierzig Jahren war er das letzte Mal hier gewesen. Jetzt betrachtete er voller Verwunderung die neuen Gebäude und die Straßenbahnen. Er war lange durch Europa gereist und hatte nun beschlossen, die letzten Jahre seines Lebens in der Stadt seiner Jugend zu verbringen.
In den nächsten Wochen erkundete er all die Orte, die er von früher kannte. Die Garnison sparte er sich bis zuletzt auf. Dort hatte er als junger Soldat gedient. Statt der zahlreichen Holzbaracken, an die er sich erinnerte, fand er jetzt eine sehr moderne Militärakademie vor. Ein höflicher Gefreiter wurde damit betraut, ihn herumzuführen und alle seine Fragen zu beantworten.
„Dieses Gebäude hier ist die neue Wäscherei, Sir. Sie ist mit einer Dampfpresse ausgerüstet, die in einer Stunde hundert Uniformen bügelt.“
„Hundert Uniformen in einer Stunde, sagen Sie.“

„Ja, Sir. Und wenn Sie in diese Richtung hinüberschauen, sehen Sie die ...“
„Gefällt Ihnen die Armee, Junge?“

„Ja, Sir, ich glaube schon."
„Hat man Sie je tyrannisiert?"
„Nein, Sir."
„Als diese Garnison nur aus ein paar staubigen Baracken bestand, wurden Männer manchmal schrecklich tyrannisiert. Manchmal wurden Männer tatsächlich zu Tode gequält."
„Waren Sie früher Soldat hier, Sir?"
Der alte Mann sah ihn an. „Ich kannte jemanden, der es war. Sein Name war Charles Gratmar. Er wurde tyrannisiert, geschlagen, bestraft und beschimpft, bis er es nicht mehr ertragen konnte. Deswegen sann er auf Rache."
Der alte Mann atmete tief ein und betrachtete alles ganz genau – den Exerzierplatz bis hin zum Paradeplatz. „Eine schreckliche Rache. Eine einzigartige Rache."
Die Augen des jungen Soldaten im Blick, die erst Langeweile, dann Interesse und schließlich Unwillen zeigten, erzählte der Mann langsam die Geschichte von Charles Gratmars Selbstmordbrief und der Detonation auf dem Schießplatz.
„Das ist eine Art abzutreten", bemerkte der Gefreite. „Da dürften nur kleine Fetzen übrig geblieben sein."

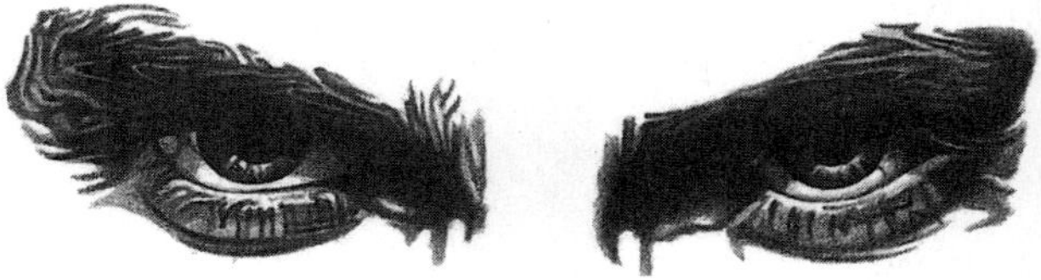

„Überall“, bestätigte der alte Mann und nickte nachdenklich, „und doch lebte Charles Gratmar noch.“
Der Gefreite starrte ihn an.
„Sehen Sie, mein Junge, Gratmar hat das Dynamit nicht an seinen Körper gebunden, sondern an den eines Schweins.“
„Äh, ah, ähm ... Ein Schwein? Warum?“
„Verstehen Sie nicht? Er täuschte seinen eigenen Tod vor.“
Sein Zuhörer war jetzt gefesselt. Und der Mann erklärte, wie Charles Gratmar den Hauptmann „heimzusuchen“ begann, bis er so verstört gewesen war, dass er sich krankschreiben lassen musste. Er beschrieb, wie der „Geist“ schließlich das erste Mal mit seinem gebrochenen Opfer sprach.
„Was sagte er?“
„Er sagte ihm, dass er in dieser Nacht sterben würde. Und fuhr sich mit seinem Finger über die Kehle.“
Der Gefreite pfiff.
„Hauptmann Smith floh, aber Charles Gratmar folgte ihm. Ahnen Sie, was geschah?“
Der Gefreite schüttelte den Kopf.
„Gratmar kam in die Kutsche, mit der der Mann flüchtete. Hauptmann Smith brach zusammen wie ein feiger Wurm.

Er bettelte und schluchzte. Gratmar blickte ihn nur an, holte ein Rasiermesser aus der Tasche und streckte sie ihm entgegen.“

„Und dann?“

„Gratmars Hand kam langsam näher, bis die Klinge nur Zentimeter von dem Hals des sich duckenden Mannes war. ‚Nimm es!‘, zischte er und der Hauptmann, am Ende seiner Kraft, nahm das Rasiermesser mit zitternder Hand entgegen. Eine lange Weile bohrte sich Gratmars Blick in die angsterfüllten Augen des Mannes, der nur Sekunden vom Tod entfernt war. Dann ...“

„Was dann, Sir?“, flüsterte der junge Soldat.

„Der Geist des Gefreiten Gratmar befahl dann Hauptmann Smith etwas zu tun.“

„Was?“

„Schlitzen Sie sich Ihre Kehle auf und fahren Sie zur Hölle.“

„Und Smith schlitzte sich die Kehle auf?“

„Zu diesem Zeitpunkt war er dankbar dafür, dass er sich seine eigene Kehle aufschlitzen durfte.“

Der junge Mann sah den alten Mann mit einer Mischung aus Bewunderung und Abscheu an. Er nahm auch das schwache Lächeln wahr, das um dessen Mundwinkel spielte.

„Sie sind Gratmar“, sagte der Soldat und atmete schwer.

# Eine silberne Kugel

Es war drei Uhr morgens und in London herrschte absolute Stille. Alex Collier machte seine Runde in der Umgebung des Bahnhofs an der Liverpool Street und hielt Ausschau nach Einbrechern. Seine genagelten Schuhe klackten laut auf den Pflastersteinen und das Geräusch hallte in der klaren Nachtluft wider.

Alex war Nachtwächter. Er arbeitete von Mitternacht bis sechs Uhr morgens, sieben Tage in der Woche, und das seit elf Jahren. Normalerweise war es ein ruhiger Job. Manchmal stieß er auf pöbelnde Betrunkene und immer wieder musste er sich mit Einbrüchen befassen, aber in all den Jahren als Nachtwächter war er nur dreimal ernsthaft in Gefahr gewesen.

Er schaute auf. Rasche Schritte näherten sich. Plötzlich bog ein Mann aus einer Seitengasse auf die Straße ein und raste mit vollem Tempo auf ihn zu.

„Helfen Sie mir!“, schnaufte er, packte Alex am Arm und blickte panisch über seine Schulter zurück. „Fast hätte er mich erwischt, in der Nähe von London Wall, oh Gott, dieses Geräusch, das er machte!“

„Beruhigen Sie sich!“, befahl Alex. „Nun beruhigen Sie sich doch und erzählen Sie mir genau, was passiert ist.“

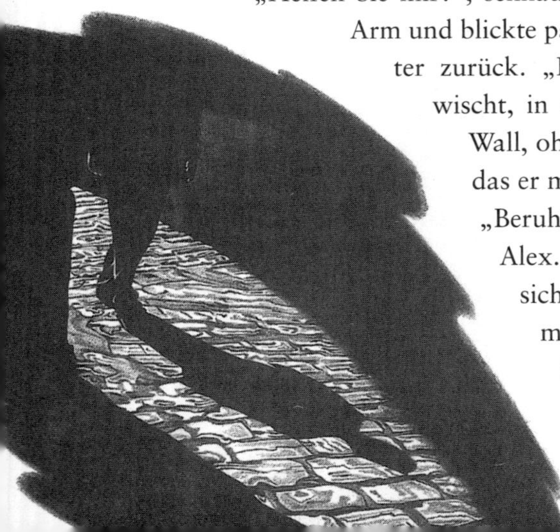

„Ich ... es ...“ Der Mann war zu verängstigt, um sprechen zu können. Ohne Vorwarnung nahm er Reißaus.

„He, Sie! Kommen Sie zurück!“, schrie Alex, doch innerhalb weniger Sekunden war der Fremde in einer anderen Gasse verschwunden. Alex setzte seine Runde zur London Wall fort und ging die Straße auf und ab. Er dachte darüber nach, was geschehen war und warum der Mann gesagt hatte: „Fast hätte er mich erwischt.“ Wen meinte er wohl mit „er“?

„Ich werde es wahrscheinlich nie erfahren“, murmelte Alex.

Dann hörte er es: ein so unvorstellbar entsetzliches Geräusch, das ihm das Blut in den Adern gefrieren ließ. Es ähnelte dem Heulen eines Wolfes, ein Geräusch, das seit tausenden von Jahren das menschliche Herz mit Angst erfüllt hat. Und doch war es schlimmer als das, viel schlimmer. Es war das Geräusch alles Furchtbaren überhaupt, ein Heulen des Bösen, das allmählich leiser wurde, das aber in der Luft hing wie übler Gestank.

Alex atmete heftig aus. Sein Herz hämmerte. Nie in seinem ganzen Leben war er sich sicherer gewesen: Kein menschliches Wesen konnte ein derartiges Geräusch erzeugen.

In der folgenden Nacht zwang er sich, mehrmals London Wall zu kontrollieren. Dieses fürchterliche Heulen hörte er nicht mehr, weder in dieser Nacht noch in den folgenden. Immer seltener dachte er an den Vorfall und innerhalb eines Monats hatte er ihn ganz vergessen.

Alex nahm vor Arbeitsbeginn immer gern ein heißes Getränk zu sich. Und unweit des Bahnhofs verkaufte ein Straßenverkäufer Tee und geröstete Kastanien.

„Mir ist durch und durch kalt“, sagte der alte Mann eines Nachts, als er Alex heißen Tee in einen Blechkrug goss. „Ich freu mich auf mein Bett.“

„Ach ja, das Bett ist in einer so kalten Nacht der schönste Ort“, sagte Alex.

„Das stimmt. Gute Nacht dann.“

„Gute Nacht.“

Alex kannte diesen Verkäufer seit Jahren und hatte ihn beinahe jede Nacht getroffen. Deshalb war er mit allen seinen Gewohnheiten vertraut: Die Art, wie er sich über seine heißen Kastanien beugte, um warm zu bleiben, und wie er vor sich hin murmelte, wenn er mechanisch seine Einnahmen zählte. Er schien zum Stadtbild zu gehören wie das Denkmal von Admiral Nelson auf dem Trafalgar Square. Und doch – bevor die Sonne aufging, sollte der alte Mann tot sein.

Anderthalb Stunden, nachdem er die Tasse Tee bei dem Straßenverkäufer gekauft hatte, saß Alex auf der Polizeiwache seines Stadtviertels.

„Ich dachte, es würde eine ruhige Nacht werden“, sagte er. „Kriminelle bevorzugen dunkle Nächte oder eine ordentliche Nebelsuppe, aber heute ist Vollmond.“

Der Sergeant, der das Verhör leitete, nickte.

„Ich hatte bereits die Hälfte meiner Runde hinter mir, als ich an der Gasse vorbeilief, die von der Ellis Street abgeht.

Wie üblich sah ich in die Gasse hinein und setzte dann meinen Weg fort, aber ..."

„Ja?"

„Ich kann nicht recht sagen warum, aber etwas war merkwürdig. Ich ging zur Gasse zurück. Sehen konnte ich immer noch nichts, begriff jedoch, was so merkwürdig war. Es lag dort ein unverkennbarer Duft in der Luft."

„Wonach?"

„Es roch nach gerösteten Kastanien. Ich lief in die Gasse hinein und fand den Verkaufskarren. Er war total zertrümmert und überall lagen Kastanien herum." Alex sah zum Sergeant auf. „Was ich als Nächstes fand, wissen Sie."

„Ich möchte es gern mit Ihren Worten hören, Sir."

„Die Gasse führt auf einen gepflasterten Hof. Noch bevor ich den Verkäufer erreichen konnte, wusste ich, dass er tot war. Sein Hals war merkwürdig verdreht. Und dann stürzte ich." Alex stöhnte auf und legte den Kopf in seine Hände. „Ich war wenige Meter von ihm entfernt, stolperte über etwas und lag mit meinen Händen und Knien in einer klebrigen Pfütze ... Blut. Ich war über ein abgetrenntes Bein gestolpert ..."

## Mörder in der Stadt

Entsetzliche Verstümmelung gibt Experten Rätsel auf

Am frühen Morgen wurde in der Stadt von Mr Alex Collier, einem Nachtwächter, die Leiche eines Mannes gefunden. Die sterblichen Überreste von Mr Eric Baxter, einem siebzigjährigen Straßenverkäufer, wurden in einer finsteren Seitengasse entdeckt. Es wurde berichtet, dass ihm ein Bein abgetrennt worden ist. Die Polizei weigert sich, öffentlich darüber zu spekulieren, wie das Opfer genau zu Tode kam, aber es ist bekannt, dass Experten des Londoner Zoos gebeten worden sind, die Leiche zu untersuchen. Die Möglichkeit, dass ein unbekanntes wildes Tier durch London streunt, ist nicht auszuschließen.

Alex ließ die Abendzeitung sinken, starrte sie an und nahm sie wieder zur Hand. Er stand immer noch unter Schock.
„Was könnte es sein?“, fragte er sich. „Was könnte es nur sein?“
Seine Frau Jane stand besorgt neben seinem Stuhl.
„Geh zu Bett, Alex. Du musst dich ein bisschen ausruhen.“

„Er lebte noch. Um Mitternacht lebte er noch und dann einige Stunden später ..."

„Alex ..."

„Ich hätte nie gedacht, dass ich jemals so etwas Schreckliches sehen würde. Unfassbar, dass ein Mensch so zugerichtet werden kann."

Jane begann zu weinen. Ihre Schultern zuckten und Tränen liefen ihr übers Gesicht.

„Ich habe Angst", schluchzte sie.

„Ach, Jane, es tut mir leid, aber ich kriege es einfach nicht aus meinem Kopf. Du musst dich nicht fürchten."

„Ich habe keine Angst um mich", stieß sie hervor.

In den nächsten Tagen wimmelte es in den Zeitungen von wilden Tiergeschichten. Einige spekulierten über entkommene Zirkuslöwen, während andere eine Geschichte verfolgten, in der ein bekannter Aristokrat seine drei Lieblingstiger im Hyde Park freigelassen hätte, weil sie zu groß und unbändig geworden waren. Den Menschen wurde geraten, nach Einbruch der Dunkelheit zu Hause zu bleiben oder mit einer Kutsche zu ihrem Ziel zu fahren. Mütter wurden aufgefordert, die Schlafzimmerfenster ihrer Kinder ständig geschlossen zu halten. Doch es ereigneten sich keine weiteren Angriffe und die Presse verlor das Interesse an dem Vorfall. Innerhalb eines Monats sprach niemand mehr davon, abgesehen von Alex und der Polizei.

„Alex“, sagte Jane eines Abends, gerade als sich ihr Mann seine Schnürsenkel zuband.

„Ja?“

„Du solltest heute Abend nicht zur Arbeit gehen.“

„Wie?“

„Du solltest heute Abend nicht zur Arbeit gehen.“

Er sah sie überrascht und verwirrt an.

„Warum nicht? Du weißt, ich habe noch nie auch nur eine Nacht gefehlt.“

„Was ist, wenn das ... wilde Tier wieder dort draußen ist?“

„Aber es sind vier Wochen her, seit es zuschlug! Wenn es ein wildes Tier ist, dann war's das. Ich glaube, all dieses Gerede über wilde Tiere war Unsinn. Seitdem habe ich jede Nacht gearbeitet, warum also sollte es heute Abend irgendwie anders sein?“

„Ich weiß nicht, es ist nur ...“

„Was?“

„Ich weiß nicht“, sagte sie und seufzte tief. „Ich will eben nicht, dass du heute Abend hinaus gehst.“

„Ich muss. Wovon sollen wir leben, wenn ich kein Geld verdiene?“ Damit stand er auf, gab ihr einen Kuss, nahm seine Lampe und ging.

Es war wieder Vollmond, doch das bemerkte Alex nicht. Er schritt durch die Straßen der Stadt und dachte über Jane nach. Er machte sich Sorgen um ihre Gesundheit. Normalerweise war sie ein fröhlicher Mensch, in den letzten wenigen Monaten war sie ihm jedoch manchmal fast melancholisch vorgekommen. Sie sah so blass und niedergeschlagen aus und schlief nicht gut. Alex seufzte und fragte sich, ob er sie würde überreden können, zum Arzt zu gehen.

Vor ihm eilte leicht wankend eine Gestalt mit Melone die Straße entlang. Wahrscheinlich ein betrunkener junger Herr, der nach einer Nacht in der Stadt nach Hause ging. Der Mann ging bis zum Ende der Leadenhall Street und bog rechts in die Bishopsgate. Dann plötzlich ... ein lauter Schrei, der nur ein paar Sekunden lang dauerte, dann Stille. Alex rannte, so schnell er konnte. Was würde er vorfinden? Er bog mit vollem Tempo um die Ecke und stoppte rutschend. Der Mann war allein und unverletzt. Er stand stocksteif da und starrte auf etwas auf der Straße.

Alex ging langsam zu ihm, stellte sich neben ihn und blickte ebenfalls auf die Straße. Da lag etwas in der Gosse. Der verletzte Körper eines Bettlerjungen. Er lag auf dem Rücken und presste sich die Hände auf seine Rippen, fast so, als wollte er seinen Brustkasten zusammenhalten. Vielleicht hatte er genau das versucht. Ein großer Hieb hatte seinen Rumpf vom Hals bis zum Nabel aufgeschlitzt. Eine Art versteinerter Verwunderung war auf seinem Gesicht eingegraben.

Der junge Mann neben Alex trat zurück, hockte sich auf den Bürgersteig und vergrub den Kopf in seine Hände. Alex pfiff dreimal schrill auf seiner Pfeife, um die Polizei zu alar-

mieren, schaute dann die Straße hinauf und hinunter und ... sah es. Etwa fünfzig Meter entfernt kauerte es vor einer Mauer, das denkbar grausigste und böseste Wesen, halb Mensch und halb Tier auf zwei Beinen, doch mit einem behaarten Körper und dem Kopf eines Wolfs.
„Sehen Sie!“, schrie Alex und drehte sich um, um den jungen Mann zu packen. „Sehen Sie!“
Der junge Mann schien unter Schock zu stehen und reagierte nicht. Als sich Alex wieder zu dem Wesen umdrehte, war es fort.
Ein Polizist kam in die Gasse gerannt und verringerte sein Tempo, als er die Leiche sah. Fast auf Zehenspitzen schlich er zu ihr und legte sich dann seine Hand aufs Gesicht.
„Wieder einer!“, sagte er. „Ein wildes Tier läuft frei herum und treibt sein Unwesen, das ist sicher.“
„Ich habe es gesehen!“, rief Alex. „Gerade eben, ich sah hoch und da saß es drüben vor dieser Mauer!“
„Was war es, Sir? Eine große Katze vielleicht? Ein Tiger?“
„Es war ein ... “
„Ja?“
„Es war ein Werwolf.“

„Jane, ich sage dir, ich habe es mit meinen eigenen Augen gesehen! Und ich bin zur Wache gegangen, um eine Aussage zu Protokoll zu geben, aber sie schickten mich nach Hause. Sie hielten mich für verrückt und wollten mir kein Wort glauben. Die Polizei habe Wichtigeres zu tun, ich solle ihnen nicht die Zeit stehlen.“
„Versuche es aus ihrem Blickwinkel zu sehen“, argumen-

tierte Jane. „Werwölfe sind ein Mythos, der vor Jahrhunderten geschaffen wurde, um Leute zu erschrecken."

„Es ist mir egal, wie unwahrscheinlich es klingt, weil ich ihn wirklich gesehen habe", sagte er. „Glaubst du mir auch nicht?"

Er sah sie an und seine Augen funkelten ärgerlich. Sie hielt seinem Blick stand.

„Jane? Glaubst du mir?"

Sie drehte sich von ihm ab und wollte die ängstlichen Tränen in ihren Augen verbergen.

„Ich glaube dir", antwortete sie.

Wieder tuschelte man in der Stadt über die gefährliche, blutgierige Kreatur, die in London herumstreifte, während die Zeitungen von sensationellen Berichten und wilden Theorien überquollen. Doch selbst die wildeste Theorie ging nicht so weit anzudeuten, dass es da draußen womöglich ein übernatürliches Wesen gab. Die Einzigen, die das dachten, waren Alex und Jane.

Weil ihm die Polizei einfach nicht zuhören wollte, begann Alex auf eigene Faust das Thema „Werwölfe" zu erforschen. Jeden Nachmittag ging er in die Bibliothek und entlieh Bücher über das Übernatürliche: über Hexerei, schwarze Magie, Vampirismus. In einem alten Band mit dem Titel „Teufel, Dämonen und die Kräfte des Bösen" fand er schließlich, was er suchte:

# Der Werwolf

*Diese Wesen waren früher einmal unschuldige Kinder Gottes, welche Satan dann verführte. Obwohl sie die äußere Gestalt von Männern und Frauen haben, sind sie dennoch in Wahrheit Dämonen. Wenn der Vollmond aufgeht, offenbart sich ihre Bösartigkeit. Dann können sie nicht mehr verhindern, dass sie sich in monströse Bestien verwandeln, genauso wenig wie die Welt aufhören kann sich zu drehen. Einige werden Wölfe. Andere werden halb Mensch und halb Wolf. Ein Werwolf besitzt die Kraft von fünf Männern und muss Blut trinken oder sterben. Er streift um einsame Plätze, jagt den alleinreisenden Pilger oder verirrte Kinder. Er tötet schnell und trinkt viel.*

*Werwölfe können ihre verdorbenen Herzen hinter einem schönen Antlitz verbergen und leben unverdächtig unter ihren Mitmenschen. Doch wo immer es viele unaufgeklärte Morde gibt, ist es sicher, dass ein Werwolf frei herumläuft. Diese Vertreter des Teufels müssen mit drei Messerstichen in die Stirn oder durch einen einzigen Schuss ins Herz mit einer silbernen Kugel getötet werden. Ein Werwolf kann tot scheinen, wenn er irgendwie umgebracht wurde, doch ob begraben oder verbrannt, in der Nacht des nächsten Vollmondes wird er zurückkommen. Ein Werwolf verrät sich selbst, wenn er verletzt wurde, denn dann verwandelt er sich in seine menschliche Gestalt zurück. Ein verletzter Werwolf sucht immer die Dunkelheit und eine Zuflucht, wo er sein übles Geheim-*

> *nis verbergen kann. Er darf nicht entkommen, sondern muss verfolgt und getötet werden. Das ist die Pflicht aller, die Gott fürchten und gegen das Böse kämpfen.*

Alex las diese Seite immer wieder. Er konnte sich nicht recht vorstellen, dass er selbst mit einer Waffe und einem Dolch einem Werwolf gegenübertrat. Er war nur ein Nachtwächter, kein Held. Und doch, wenn er es nicht tat ... Er schlug das Buch zu und verließ mit großen Schritten die Bibliothek.

Alex fand es relativ leicht, einen Dolch und eine Waffe zu besorgen, aber an eine silberne Kugel zu kommen, erwies sich als fast unmöglich. Alle Büchsenmacher und Antiquitätenhändler an die er sich wandte, hatten noch nie von aus Silber gefertigten Kugeln gehört.

Schließlich beauftragte Alex einen alten Silberschmied damit. Der Silberschmied war ein winziger Mann mit tiefen Falten im Gesicht und Händen so zart wie die eines Kindes.

„Eine Kugel?“, fragte der Silberschmied zweifelnd, nachdem Alex erklärt hatte, was er brauchte. „Sie wollen eine Kugel aus Silber?“

„Das ist richtig.“

„Was in aller Welt will jemand mit einer silbernen Kugel?“

„Das müssen Sie nicht wissen.“

„Wenn Sie jemanden erschießen wollen, nehmen Sie eine gewöhnliche Kugel. Das ist billiger.“

„Machen Sie mir nun eine silberne Kugel oder nicht?“, fuhr Alex ihn an.

Der alte Mann dachte sorgfältig über diese Frage nach und strich dabei seine Lederschürze mit den Händen glatt.
„Sie wollen nur eine?“
„Ja, ich brauche nur eine.“
„Das kostet Sie eine Guinea“, warnte der Silberschmied.
„In Ordnung. Ich gebe Ihnen heute zwölf Schillinge als Anzahlung“, antwortete Alex, „und den Rest, wenn Sie die Kugel gemacht haben. Sie muss jedoch vor Freitag fertig sein, haben Sie mich verstanden?“
„Ich werde mein Bestes tun, aber ...“
„Wenn Sie es nicht vor Freitag schaffen können, gehe ich woanders hin.“
Der Mann zuckte die Achseln und nickte.
Am Freitag war die Nacht des nächsten Vollmonds.

„Alex, was tust du da?“, fragte Jane, als er sich seine Pistole in die Jackentasche steckte. Der Dolch hing bereits an seinem Gürtel. „Du wirst deinen Job verlieren, wenn sie dich mit der Pistole erwischen.“
„Du weißt, was ich tue“, antwortete Alex ungeduldig, „weil ich es dir erklärt habe. Und es ist besser, mit einer Waffe von der Polizei geschnappt zu werden als von einem Werwolf ohne eine.“
„Aber warum musst du ihm gegenübertreten?“, fragte Jane und rang die Hände. „Ein Mann gegen einen Werwolf. Wenn du ihm begegnest, hast du keine Chance! Bleib hier, Alex! Wenn er tatsächlich existiert, wird es die Polizei bestimmt herausfinden. Überlasse die Sache ihnen.“
„Und wie viele Menschen sollen noch sterben?“

„Alex, geh nicht!“

Zu spät. Ihr Mann stampfte aus dem Zimmer und verließ das Haus, fest entschlossen sich nicht durch Janes Sorgen von seinem Vorhaben ablenken zu lassen. Jane setzte sich auf einen Stuhl, faltete die Hände und begann darum zu beten, dass ihm nichts zustieße und der Werwolf nicht erscheinen würde.

Alex ging seine Strecke an Old Bailey vorbei hinunter zur Blackfriars Bridge. Am Flussufer blieb er stehen. Er war etwas außer Atem. Obwohl nichts Außergewöhnliches zu sehen oder zu hören war, wusste Alex, dass er und der Werwolf sich in dieser Nacht begegnen würden. Er beschloss, Richtung Westen durch die Seitengassen zum Covent Garden zu gehen. Als er einige Minuten später unter einer Eisenbahnbrücke durchging, erschrak er, als oben ein Zug darüber rumpelte. Der Lärm war ohrenbetäubend. Die ganze Brücke bebte, und obwohl Alex sich die Hände auf die Ohren presste, konnte er den Lärm nicht dämpfen. Während die Wagons vorbeidonnerten, schien der Lärm lauter zu werden, sodass es in den Ohren schmerzte und Alex aufschrie. Erst als die Brücke nicht mehr bebte, der Lärm jedoch in ein grauenhaftes Heulen überging, begriff er voller Furcht, was geschehen war. Das Donnern des Zuges war mit dem Brüllen des Werwolfs verschmolzen – ein Brüllen, das sich mehr nach großer Qual als nach Wut anhörte.

Als das Heulen verebbte, nahm Alex langsam seine Hände von den Ohren. Die plötzliche Stille war bedrohlich. Er

klopfte sich prüfend gegen seine Hüfte, ob der Dolch immer noch an seinem Gürtel hing, dann zog er vorsichtig die Waffe aus seiner Jackentasche und schritt voran. Hinter der Eisenbahnbrücke tauchte er in eine enge Gasse ein. Zu seiner Rechten war ein fensterloses Lagerhaus, zu seiner linken Seite eine hohe Mauer mit einer Reihe niedriger Ziegelsteinbögen. Er schlich auf Zehenspitzen voran. Auf gleicher Höhe mit den Bogenöffnungen legte er seine Waffe an und zielte durch einen Bogen: die geringfügigste Bewegung und er wollte ...

„Aah!“, kreischte er.

Alex war fest entschlossen gewesen, den Werwolf zu töten, sobald er eine Gelegenheit bekäme. Aber als er zu einem der Bögen vorrückte und ihn zum ersten Mal aus der Nähe sah, verweigerte sein Körper den Gehorsam. Er ließ die Pistole fallen.

Der Werwolf war schrecklich anzusehen, mit seinem riesigen wolfsähnlichen Kopf und seinen bösen Augen. Seine Zähne und sein Fell waren mit frischem Blut befleckt. Das Monster beobachtete ihn, griff aber nicht an.

Alex war nur einige Meter entfernt. Er konnte den seltsam rasselnden Atem hören, sein Herz unter dem verfilzten Fell des Brustkorbes schlagen sehen. Aber es waren die Augen des Wesens, die Alex entsetzten. Es war, als ob er in die Abgründe des Bösen blicken würde. Schnell bückte er sich nach seiner Waffe, aber bevor er sie mit seinen Fingern packen konnte, griff der Werwolf an. Er sprang schneller über die Pflastersteine als eine zuschnappende Kobra und teilte einen wilden Schlag aus, der Alex zurückschleuderte. Alex fiel gegen eine Mauer und spürte, wie sein eigenes warmes Blut über sein Gesicht sickerte. Die Pranken des Werwolfs hatten ihm die Wange aufgerissen.

Ohne die Waffe war Alex' einzige Chance, der Bestie dreimal in die Stirn zu stechen, aber gegen solch wilde Kraft

schien das unmöglich. Dennoch schloss er seine Hand um den Dolchgriff. Das Monster blieb vor ihm stehen, dann warf es seinen Kopf zurück und heulte den Mond an. Man konnte sich nicht rühren, während so ein entsetzlicher Lärm die Luft zerschnitt. Alex konnte nur versuchen, ihn zu ertragen.

Endlich hörte es auf. Als Alex sich gegen die Mauer kauerte, senkte die Bestie ihren Kopf und starrte ihn an. Ihr Maul öffnete sich plötzlich, schnappte wieder zu und ließ ihren schweren Unterkiefer leicht vibrieren. Speichel tropfte heraus. Im Nu war die Bestie über ihm, knurrte und schnappte, stieß ihn zu Boden und hielt ihn mit ihren Pranken fest. Alex hustete und prustete unter dem stinkenden Atem des Wesens. Er schrie vor Qual, als er fühlte, wie der Werwolf sich in seine Schulter verbiss. Der Dolch lag noch in seiner Hand. Es war ihm nicht möglich, den Arm zu bewegen, doch sein Handgelenk war frei und es gelang ihm, die Waffe aufwärts zu stoßen.

Mehr vom Schmerz überrascht als von der Schwere des Angriffs verletzt, sprang der Werwolf mit einem Brüllen zurück. Eine kleine Wunde an seinem Oberschenkel begann zu bluten. Alex kam auf die Füße und hechtete mit dem Dolch vorwärts, schlug und hackte damit, wild entschlossen, wenn er sterben müsste, wenigstens kämpfend zu sterben. Mehr aus Zufall, denn aus Absicht trennte ein wilder Hieb des messerscharfen Dolchs die Pfote des Werwolfs ab. Der Werwolf brüllte vor Schmerz und hielt den Stumpf seines linken Arms hoch. Zu seinen Füßen lag eine blutige Hand, die sich öffnete, schloss und zuckte, als ob sie noch lebte. Der Werwolf brüllte erneut und holte zu einem weiteren Schlag aus, der Alex zu Boden warf. Dann flüchtete er und hielt seinen verletzten linken Arm in seiner rechten Hand.

Als Alex einige Minuten später zu sich kam, stöhnte er. Sein Hinterkopf pulsierte an der Stelle, wo er auf den Boden geknallt war. Sein ganzer Körper war von Wunden übersät, die ihm die Zähne und die Pranken des Wesens zugefügt hatten. Alex rappelte sich hoch, schwankte zur Pistole, die einige Meter entfernt lag und hob sie auf. Eine Blutspur, die Richtung Fluss führte, zeigte, welchen Weg die Bestie eingeschlagen hatte. Er nahm die Verfolgung auf, kehrte jedoch fast auf der Stelle wieder um, um die abgetrennte Pranke zu holen. Sollte er den Werwolf nicht finden und töten können, würde wenigstens die Hand den Beweis seiner Existenz liefern.

Bald stieg er eine Reihe glitschiger Holzstufen hinunter, die in den Schlamm des Flussufers führten, ein Ort, an dem es nach Abwasser und totem Fisch stank. Zunächst konnte er die Blutspur auf dem dunklen Schlamm nicht entdecken. Als er auf- und abschaute, nicht sicher, wohin er gehen sollte, zuckte die abgetrennte Pfote unter seinem Griff und er ließ sie mit einem kleinen Angstschrei fallen. Sie veränderte sich! Die Krallen schwanden und wurden Nägel, das Haar wurde kürzer und verschwand. Natürlich! Ein verletzter Werwolf verwandelte sich in seine menschliche Gestalt zurück!

Alex hockte sich hin, beobachtete fasziniert und sah, wie sich das mordgierige Ding verwandelte. Die Haut war jetzt blass und glatt, die Finger waren lang und zart. Er blickte auf eine Frauenhand mit goldenem Trauring am Ringfinger.

Alex vergrub das Gesicht in seine Hände und stieß einen furchtbaren Schrei der Verzweiflung aus.

Weiter unten am Fluss begann eine Frau zu schluchzen. Es war Jane.

„Alex!“, schrie sie. „Alex!“

Er schwankte am Ufer entlang und fand sie. Wo ihre linke Hand hätte sein sollen, war ein blutiger Stumpf, den sie im Schmerz umklammerte. Sie sah so jämmerlich und schwach aus, nicht wie der böse Dämon, der sie vor einigen Minuten gewesen war.

„Oh Jane!“, weinte er und wusste nicht, ob sie eine Mörderin, ein Monster oder die Frau war, die er liebte. „Warum?“

„Ich bin verflucht worden!“, schluchzte sie. „Ich kann nichts dagegen tun! Verzeih mir!“

„Aber wie ist es passiert?“, rief er.

„Ich weiß es nicht genau“, wimmerte sie. „Ich weiß es nicht, ich kann nicht ... vor einiger Zeit hatte ich einen Traum, einen schrecklichen Traum. Ich sah Wölfe in Rudeln unter einem riesigen Neumond laufen, die einen Mann jagten, während eine große Bestie lachte und heulte! Am nächsten Morgen fühlte ich mich krank, doch am Tag darauf war ich in Ordnung. Ich war in Ordnung, bis ...“

„Bis wann?“

„Bis zu dem nächsten Vollmond.“

„Wie lange schon?“, fragte er entsetzt.

„Seit sechs Monaten. Alex, du musst mir glauben, ich bin es nicht, die diese schrecklichen Dinge macht. Denkst du, ich könnte versuchen dich zu töten? Es ist der Werwolf, er übernimmt mich. Jedes Mal“, flüsterte sie schwach und umklammerte noch immer ihren verletzten Arm, „sagte ich mir, dass ich nie wieder töten würde, dass ich meinen Körper sich nicht verändern ließe, aber wenn Vollmond ist, gibt es nichts, was ich dagegen tun kann!“

Für einige Minuten weinten sie nur. „Alex“, sagte sie schließlich unter Tränen, „wenn ich mich selbst hätte töten können, ich hätte es getan, aber ein Werwolf kann sich nicht selbst zerstören. Du weißt, dass es nur einen Weg gibt, diese Mörder vom Morden abzuhalten.“

„Was meinst du?“

„Du weißt, was ich meine!“, schrie sie plötzlich. „Töte mich, Alex, ich bitte dich, töte mich!“

Er begann wieder zu weinen und sank neben sie in den Schlamm. Die große Stadt schlief und der Fluss strömte langsam vorbei, wie er es immer getan hatte. Alex hielt sie fest in seinen Armen.

„Gibt es keinen anderen Weg?“, flüsterte Alex zu ihr.

„Nein. Du musst stark sein, Alex. Tu es. Tu es jetzt!“

Einige Sekunden später hallte das Knallen eines Schusses über die dunkle Oberfläche des Flusses.

# Der Kopf

An einem Frühlingsabend Mitte des achtzehnten Jahrhunderts stand eine Gruppe von Bewohnern eines kleinen französischen Dorfs in der Provinz Beaugency um einen Teich. Es ging kaum ein Wind. Feldlerchen sangen hoch oben. Es hätte eine schöne und friedliche Szene sein können, aber sie war es nicht. In der Mitte des Teichs schwamm eine Leiche, das Gesicht im Wasser, mit einem Dolch im Rücken.

Die Dorfbewohner standen schweigend da. Allein das Vogelgezwitscher füllte die Luft, bis galoppierende Pferde die Dorfbewohner aufsehen ließen. Drei Reiter rasten im gestreckten Galopp über die Felder und wirbelten Erde und Schlamm auf.

„Macht Platz für die Hüter des Gesetzes!“, schrie ein Soldat, der von seinem Pferd sprang und die Dorfbewohner aus dem Weg drängte. Ein zweiter Soldat half Martin Desalleux, dem elegant gekleideten Staatsanwalt von Beaugency, vom Pferd. Es war nicht üblich, dass solch ein hochrangiger Beamter den Schauplatz eines Verbrechens untersuchte, doch Monsieur Desalleux hatte in der Gegend ein paar Beamte inspiziert, als die Nachricht von diesem Verbrechen ihn erreichte.

Desalleux war ein gut aussehender Mann von Mitte dreißig. Er hatte blaue Augen, pechschwarzes Haar und eine derart autoritäre Ausstrahlung, dass die einfachen Dörfler, die ihn beobachten, wie er kurz die Leiche betrachtete, nervös von einem Fuß auf den anderen traten.

„Fischt ihn heraus!“, befahl er den Soldaten.

Sie wateten ins Wasser und zogen den Körper an das seichte Ufer.

„Umdrehen."

Als der Körper auf den Rücken gedreht wurde, schnappten die meisten Dörfler entsetzt nach Luft. Eine alte Frau kreischte und sank neben der Leiche auf die Knie.

„Pierre! Pierre!" Es war ihr Sohn.

„Wer ist dieser Mann?", fragte Monsieur Desalleux sie, aber sie war außer Stande zu antworten. „Kommen Sie", sagte er scharf zu den Anwesenden, „ich habe nicht den ganzen Tag Zeit. Sie da, wie war sein Name?"

„Pierre Leroux, Monsieur."

„Was war er?"

„Landarbeiter."

„Weiß jemand, warum er ermordet wurde?"

Keine Antwort. Martin Desalleux seufzte und starrte diese schmutzigen, mürrischen Leute ärgerlich an. Es interessierte ihn absolut nicht, ob sich ungebildete Kleinbauern gegenseitig umbrachten, solange genug von ihnen übrig blieben, die all die Arbeit machten. Und er wollte ganz gewiss keine Zeit für den Vorfall vergeuden. Andererseits war es die heilige Pflicht eines Hüters des Gesetzes, einen Mörder zu finden und vor den Richter zu bringen.

„Wie ist Ihr Name?"

Ein junger Mann trat ein paar Schritte zurück. Er war vielleicht zwanzig Jahre alt und das zerzauste braune Haar fiel ihm in sein offenherziges, gutaussehendes Gesicht.



„Mein Name?"

„Ja, Ihr Name. Wie heißen Sie?"

„Jean Cabet, Monsieur."

„Was sind Sie?"
„Landarbeiter, Monsieur."
„Sie sind also auch Landarbeiter? Jean Cabet, ich nehme Sie wegen Mordverdachts fest."
Während ihn die Dorfbewohner mit sprachlosem Erstaunen ansahen, drängte sich eine junge Frau nach vorne und schrie: „Nein, nein! Bitte, Sir, es war nicht Jean!"
„Mich, Monsieur?", sagte Jean Cabet. „Ich verstehe nicht, ich habe nie ... ich war nicht ... ich habe nicht ..."
„Sie werden unverzüglich nach Orléans gebracht und dort bis zum Gerichtstermin inhaftiert."
„Sir!", bat der Mann und sank auf seine Knie. „Gott ist mein Zeuge, ich schwöre, dass ich Pierre nie auch nur ein Haar gekrümmt habe! Welche Beweise haben Sie?"
„Ich werde welche finden."
„Lassen Sie ihn in Ruhe!", jammerte die junge Frau.
„Still, Marie", sagte Jean Cabet, weil er fürchtete, auch sie würde in diesen Albtraum mit hineingezogen.
„Sind Sie die Frau des Verdächtigen?", fragte sie Desalleux.
„Wir sind verlobt, Monsieur."
Martin neigte spöttisch den Kopf.
„Herzlichen Glückwunsch", sagte er.
„Danke, Sir", flüsterte die junge Frau und hoffte schon, dieser mächtige Mann könnte seine Meinung ändern.
„Aber ich denke, wir können mit ziemlicher Sicherheit sagen, dass die Hochzeit nicht stattfindet."
Plötzlich packten die Soldaten Jean. Marie schrie.
„Bitte, nehmen Sie ihn nicht mit!", jammerte sie Mitleid erregend. Doch innerhalb weniger Minuten war der Mann, den sie liebte, gefesselt und weggezerrt worden.

Sechs Wochen später säumte eine höhnische Menge die Straßen von Orléans nahe der Gefängnistore. Sie warteten darauf, dass man den „berüchtigten Mörder“ Jean Cabet zum Platz du Martroie führte, wo er hingerichtet werden sollte.
Sechs Wochen hatte der Pöbel der Stadt sich über Jean das Maul zerrissen. Man erzählte sich, er sei ein Dieb, ein Spion, ein Straßenräuber und ein Mörder und habe allein in den vergangenen zwei Jahren mehr als zwanzig Menschen getötet.
Bei seinem Prozess hatten die Richter, die der Beweisführung Monsieur Martin Desalleux folgten, Jean Cabet als „einen der gefährlichsten und berüchtigtsten Verbrecher“ bezeichnet, „der je vor einem Gericht gestanden habe“. Jean war zum Tode durch Enthaupten verurteilt worden.

Die Tore des Gefängnisses von Orléans öffneten sich und Soldaten ritten vor dem offenen Karren her, auf dem Jean Cabet hockte. Die Menge drängte vorwärts und brüllte: „Mörder! Mörder!“, und unberittene Soldaten mussten sie zurückschlagen.
„Dreckiger Mörder!“
„Abschaum, Abschaum!“
„Verrotte in der Hölle, Mörder!“
Die Fahrt zum Platz du Martroie dauerte beinahe eine Stunde. Jean wurde losgebunden und dann vom Karren auf ein hölzernes Podest gezerrt. Als er den Mann sah, der dort stand, erschauderte er: Es war sein Henker, der Mann, der sein Leben beenden würde. Die stattliche Gestalt unter

einer schwarzen Kutte verborgen, stützte er sich lässig auf sein Beil. Die Menge, rasend vor Blutgier, forderte lautstark den Beginn der Hinrichtung.

Sobald Jean auf das Podest gezerrt worden war, durfte er mit einem Priester sprechen.

„Bevor Gott dich richtet, gestehst du dieses mörderische Verbrechen?“, fragte der Priester. „Bereust du?“

„Aber, Vater, ich bin unschuldig.“

„Mein Sohn, bedenke, dies sind deine letzten Momente auf Erden. Dies ist deine letzte Chance, deine Seele zu retten. Bereust du?“

„Ich habe nichts zu bereuen“, antwortete Jean leise.

„Dann fahre zur Hölle“, sagte der Priester.

Jean blickte traurig in die tobende Menge und entdeckte das schmerzerfüllte Gesicht von Marie. Seit dem schrecklichen Tag seiner Festnahme hatte er sie nicht mehr gesehen. Sie stand regungslos und hielt ein Taschentuch an ihre verweinte Wange. Einen kur-

zen Moment lang starrten sie einander hilflos an, bevor Soldaten Jean ergriffen und zum Klotz schleiften. Davor wurde er in die Knie gezwungen, sodass sein Kopf über den Rand hing. Zu seiner Linken konnte er nur die Füße des Henkers sehen. Sie steckten in hochpolierten schwarzen Lederstiefeln und neben ihnen blitzte die Schneide des messerscharfen Beils, die ...

„Ich bin unschuldig und Gott weiß, dass ich unschuldig bin!“, rief Jean zur Belustigung der glotzenden Menge, die in herzloses Lachen ausbrach. Der Henker schritt auf dem Holzpodest auf und ab und wog das Beil in seiner Hand. Er ging hinter Jean in Stellung und senkte langsam die Klinge der Waffe, bis sie gerade den Nacken des verurteilten Mannes berührte. Die Menge wurde still. Erst in der Stille des letzten Augenblicks, mit der Schneide des Beils an seinem Hals, begriff Jean, dass er wirklich sterben würde.

„Gott, errette mich“, flüsterte er.

Der Henker schwang das Beil hoch über seinen Kopf. Die metallene Klinge blinkte im Sonnenlicht. Totale Stille. Niemand zuckte auch nur mit den Muskeln. Dann nahm Jean die Bewegung des Henkers wahr und in der letzten halben Sekunde seines Lebens hörte er das Beil niedersausen, das schwache pfeifende Geräusch, mit dem es die Luft zerschnitt, das ...

Fünfzig Meter entfernt saß auf der speziell für die Reichen für solche Anlässe errichteten Tribüne Monsieur Desalleux und beobachtete, wie der Kopf eines ungebildeten Landarbeiters auf das Podest knallte, einmal, zweimal, bevor er zur Seite rollte und auf der rechten Wangenseite liegen blieb. Monsieur Desalleux zuckte zusammen. Es war ein grausiges Geschäft, doch das Wichtige war, dass der Mordfall schnell abgehandelt worden war. Er war fest davon überzeugt, dass die prompte und brutale Vollstreckung der Urteile half abzuschrecken. Manchmal, gestand er sich selbst ein, musste eben ein Unschuldiger leiden.

Sechs Monate vergingen, bevor sich der Staatsanwalt mit einem weiteren Mord befassen musste. Eine Frau war am Stadtrand beraubt und erstochen worden und von dem Täter fehlte jede Spur. Monsieur Desalleux verfügte jedoch die Festnahme eines Landstreichers. Er beabsichtigte nicht, sentimentale Anwandlungen von Gerechtigkeit aufkommen zu lassen, die einen effizienten Gerichtsprozess behindern könnten.

Als er am nächsten Tag an seinem mit Papieren bedeckten Schreibtisch arbeitete und die Beweise erfand, die den unglückseligen Landstreicher überführen würden, war Martin Desalleux sehr zufrieden. Seine Arbeit war leicht und lukrativ und sein Ruhm wurde immer größer. Das Einzige, was ihm noch fehlte, war eine Ehefrau.

Er lehnte sich in seinem Stuhl zurück und betrachtete durch das Fenster den Abendhimmel. Seine Ansichten über die Ehe waren ebenso einfach wie die über das Gesetz: Es kümmerte ihn nicht, ob seine zukünftige Frau ihn liebte oder nicht, solange sie außergewöhnlich reich war. Er lächelte über die Idee, allein durch eine Heirat plötzlich reich zu werden, und seine Gedanken hätten nicht weiter von Jean Cabet entfernt sein können. Er wandte sich wieder seiner Arbeit zu, tauchte seine Feder in das Tintenfass und begann

zu schreiben. Da fiel ein schweres Objekt aus dem Nichts auf seinen Schreibtisch. Martin Desalleux schrie überrascht auf, dann aber kreischte er sofort wie verrückt, als er wahrnahm, was er ansah: Es war der Kopf von Jean Cabet.
Der Kopf prallte auf den Schreibtisch, einmal, zweimal, bevor er zur Seite rollte und auf der rechten Wangenseite liegen blieb. Blut strömte auf die Papiere.
Als Monsieur Desalleux, kreideweiß und zitternd, die Armlehnen seines Stuhls so fest umklammerte, dass eine von ihnen abbrach, blickten die anklagenden Augen von Jean Cabet tief in seine.
„Guten Abend, Monsieur Desalleux."
Monsieur Desalleux keuchte vor Schreck, als er die tiefe, spöttische Stimme hörte. Das war unerträglich.
„Sie!", keuchte er. „Warum sind Sie nicht ...? Sie sollten tot sein."
„Nein, Monsieur Desalleux", kam die unheilvolle Antwort, „Sie sollten tot sein."
Monsieur Desalleux wimmerte und schluchzte. Sein Entsetzen war derart groß, dass sein Körper dem nicht standhalten konnte und er in Ohnmacht fiel. Er stürzte vornüber, sein Kopf schlug auf den Schreibtisch und blieb mit dem Gesicht darauf liegen.
Als sein Diener am Morgen das Zimmer betrat, war Martin Desalleux immer noch bewusstlos. Der Kopf war verschwunden.

Monsieur Desalleux brauchte eine lange Zeit, um sich zu erholen. Der Arzt, der ihn untersuchte, erklärte, dass er eine akute und spontane Blutung in einem seiner Ohren erlitten hatte, und weigerte sich zu glauben, das Zittern seines Patienten rühre von einem abgetrennten Kopf her, der von oben herabgefallen sei.

„Sie müssen akzeptieren, dass das, was Sie gesehen haben, eine durch Ihren Zustand verursachte Illusion war", sagte ihm der Doktor.

„Aber ich habe ihn mit meinen eigenen Augen gesehen", flüsterte Monsieur Desalleux schwach.

„Nein, Sie glauben, ihn mit Ihren eigenen Augen gesehen zu haben. Eine plötzliche Durchblutungsstörung kann zu allerlei sonderbaren Halluzinationen führen. Ich habe mit dutzenden ähnlicher Fälle zu tun gehabt."

„Aber ..."

„Kein Aber", zischte der Doktor, der sich flüsternd zu seinem Ohr beugte. „Wollen Sie, dass die Leute glauben, Sie sind wahnsinnig? Denken Sie an Ihre Karriere, Ihre glänzende Zukunft!"

Martin Desalleux wusste, was er gesehen hatte. Es war Wirklichkeit gewesen. Doch weil es unmöglich war, den Doktor zu überzeugen, versuchte er es auch bei keinem anderen mehr. Er vertraute niemandem mehr.

Es fiel ihm schwer, nicht an den fallenden Kopf zu denken und was er zu bedeuten hatte. Monatelang litt er unter Albträumen, in denen er den Kopf von Jean Cabet vom Himmel fallen sah, wenn er ausritt. Wo er auch ging, sah er den Kopf die Straße hinunterrollen. Langsam begriff er, dass ihn der Kopf aus einem bestimmten Grund heimsuchte.

Und er kam allmählich zu dem Schluss, dass er schrecklicher Verbrechen schuldig war.

Martin Desalleux war an sich kein böser Mensch. Früher war er ein ehrenhafter Mann gewesen, aber Macht und Reichtum, die sein Amt mit sich brachten, hatten ihn allmählich verdorben, bis er nach und nach die Rechte der gewöhnlichen Leute verachtete. Er hatte schlecht gehandelt, weil es bequem war. Jetzt verstand er erst richtig, wie falsch seine Taten gewesen waren.

Sobald er seine eigene Schuld eingesehen hatte, wurden die Albträume seltener. Er nahm seine Pflichten als Staatsanwalt wieder auf und erstaunte seine Kollegen durch seinen neu entdeckten Sinn für Gerechtigkeit. Niemand wurde strafrechtlich für ein Verbrechen verfolgt, das er nicht begangen hatte. Verdächtige wurden oft freigelassen, weil Martin Desalleux die Beweise gegen sie als zu geringfügig betrachtete.

Er änderte sich auch in anderen Dingen. Seine Ansichten über das, was im Leben wichtig war, änderten sich grundlegend. Weder Reichtum noch sozialer Status beeindruckten ihn mehr. Er wurde ein stiller und sympathischerer Mann als vorher. Und dann verliebte er sich.

Michelle war die Tochter eines Bäckers. Ihre Mutter war tot und ihr Vater verdiente kaum genug Geld, um Leib und Seele zusammenzuhalten. Sie war ganz anders als die Frau,



die der alte Martin hatte heiraten wollen, aber Michelle war alles, was sich der neue Martin wünschen konnte.

Das erste Mal war er ihr begegnet, als ihr Vater aufgrund

von Schulden festgenommen worden war. Schuldner wurden normalerweise ins Gefängnis gesteckt, doch in diesem Fall war die geschuldete Summe so gering, dass Martin sie aus seiner eigenen Tasche beglichen hatte. Diese Gefälligkeit wurde besonders belohnt, denn am folgenden Tag war Michelle gekommen, um ihm persönlich zu danken. Sie hatten sich auf den ersten Blick ineinander verliebt.

Bald darauf verlobten sie sich. Vor der Hochzeit hatte Martin mehrmals versucht Michelle zu erzählen, ja, fast zu gestehen, was für ein Mann er einmal gewesen war.

„Es gibt etwas, dass du über mich wissen solltest", sagte er bei einer Gelegenheit ernst.

„Ja?", antwortete sie und lächelte. „Willst du mir all deine schrecklichen Geheimnisse verraten?"

„Ja", sagte er und ging nicht auf ihren unbeschwerten Ton ein. „Du könntest anders für mich empfinden, sobald du davon weißt."

„Unsinn! Nichts kann meine Gefühle zu dir ändern. Du bist der liebenswürdigste Mann, dem ich je begegnet bin!"

„Vielleicht ist das heute so, aber in der Vergangenheit, Michelle, ich fürchte, da war ich ..."

„Die Vergangenheit ist Vergangenheit, Martin, darum müssen wir uns nicht sorgen. Es wäre seltsam, wenn du überhaupt nie etwas falsch gemacht hättest. Lass die Vergangenheit dort, wo sie hingehört."

„Aber du verstehst nicht, ich ..."

„Kein weiteres Wort! Vergiss die Vergangenheit. Ich möchte, dass wir allein an die Zukunft denken." 

Martin schnitt das Thema noch oft an, doch Michelle weigerte sich stets zuzuhören und am Ende gab er auf.

Am Tag, als Michelle und Martin heirateten, feierte man ein rauschendes Fest im Freien. Danach zog sich Michelle in die Remise zurück, wo das Brautpaar die Nacht verbringen sollte. Michelle war sehr erschöpft. Und am Morgen würden sie früh aufstehen müssen, um die Kutsche nach Paris zu nehmen.

Ihr neuer Ehemann folgte ihr etwas später. Er war leicht beschwipst, denn die Gäste wollten so oft mit ihm anstoßen und auf das Wohl des Brautpaares trinken. Er öffnete die Zimmertür und trat ein. Eine Kerze in einem schweren Kerzenleuchter warf lange Schatten auf den Holzboden. Michelle war bereits im Bett, das in der Mitte des Zimmers stand. Sie war hinter den schweren samtenen Vorhängen des großen Himmelbettes verborgen.

Martin lächelte glücklich. Michelle war seine Frau! Sie war vermutlich schnell eingeschlafen oder war vielleicht hellwach und bemühte sich, nicht zu lachen, während sie darauf wartete, ihn zu überraschen. Immer noch lächelnd legte er sein Jackett ab und schlich leise auf Zehenspitzen neben das Bett. Hinter dem Vorhang erklang ein langer Seufzer. Michelle schlief

bestimmt. Entweder schlief sie oder sie versuchte ihn hereinzulegen. Gerade als er den Vorhang beiseite ziehen wollte, klopfte es sanft an der Schlafzimmertür.

„Wer kann das sein?", flüsterte er und ging auf Zehenspitzen durch das Zimmer.

Im Flur stand ein Diener und hielt ihm ein mit Obst und Wein beladenes Tablett entgegen.

„Mit den besten Empfehlungen unseres Hauses, Monsieur Desalleux."

Martin versuchte, seine Verwirrung zu unterdrücken. Sie hatten sechs Stunden gefeiert und nun war es beinahe Mitternacht. Warum sollte er jetzt noch etwas essen oder trinken wollen?

„Sehr freundlich, ich danke Ihnen."

Er nahm das Tablett und versuchte mit seinem Fuß die Tür zu schließen.

„Nichts zu danken, Monsieur. Wenn ich noch etwas für Sie tun kann, sagen Sie es bitte."

„Werde ich. Danke."

„Tag und Nacht, Monsieur."

„Ja. Danke sehr."

Schließlich gelang es ihm, den Mann loszuwerden. Er stellte das Tablett in der Ecke des Zimmers ab. Bestimmt hatte der Lärm Michelle aufgeweckt.

„Michelle?"

Keine Antwort. Es war zweifellos ein anstrengender Tag gewesen. Er ging zum Bett hinüber. Es war das erste Mal seit Tagen, dass Michelle und er allein waren. Langsam zog er den Vorhang zurück und der schwache Kerzenschein flackerte über das Bett. Dicht am Bettrand lag Michelle auf

ihrer linken Seite. Ihr Kopf ruhte anmutig auf einem ausgestreckten Arm und ihr glänzendes Haar fiel über das Kissen. Sie schlief und atmete sehr langsam und sanft. Martin schloss den Vorhang wieder und ging auf die andere Seite des Bettes. Er nahm den Kerzenleuchter auf seine Seite mit und stellte ihn auf seinen Nachttisch. Er zog sich aus und schlüpfte in sein Nachthemd, dann zog er den Vorhang leise zurück.
Martin wollte schreien, doch aus seinem geöffneten Mund kam kein Ton. Auf dem Kissen lag der Kopf von Jean Cabet. Nur wenige Zentimeter von Michelle entfernt. Die Augen waren geschlossen und die Decke war bis zu seinem Kinn hoch gezogen, sodass er aussah wie ein wirklicher Mann, der neben seiner Frau im Bett lag. Martin starrte auf diese widerliche Szene. Die Augen des Kopfes öffneten sich und schauten ihn an.
„Herzlichen Glückwunsch", sagte der Kopf und begann zu lachen.
Michelle wachte sofort auf und rollte auf die andere Seite. Durch ihre Bewegung verrutschte die Decke und offenbarte den abgetrennten Hals. Sie kreischte. Es war schwer zu sagen, was lauter war, ihr angsterfüllter Schrei oder das schreckliche, hysterische Gelächter des neben ihr liegenden Kopfes.
Martin heulte wie ein Tier, wahnsinnig vor Angst und Wut. Er stürzte sich auf

den Kopf, aber der rollte weg und seine Stirn prallte mit lautem Krachen gegen Michelles Stirn. Martin packte den schweren Kerzenleuchter und, als das Zimmer in Dunkelheit versank, schlug damit immer wieder zu. Wie ein Wahnsinniger versuchte er, den Kopf zu vertreiben.

Wenige Minuten später stürmten der Wirt und mehrere andere Männer in das Zimmer. Die Kerzen, die sie dabei hatten, beleuchteten eine Szene, die sie nie mehr vergessen würden. Die Männer waren gelähmt vor Entsetzen: Martin schmetterte den Kopf seiner Frau gegen das harte Kopfteil des Bettes. Er sah wie ein Irrer aus. Das Licht der Kerzen schien ihn langsam wieder zur Besinnung zu bringen. Michelles Haar glitt durch seine Finger, als Martin verwirrt aufblickte. Er sah auf die zerstörte Schönheit seiner Frau hinab. Er schrie vor Kummer auf, nahm sie sanft in seine Arme und schluchzte. Sie war tot.

Fast ein Jahr später wurde Martin Desalleux in Orléans auf dem Platz du Martroie enthauptet. Augenblicke, bevor das Beil des Henkers heruntersauste, in dem Moment, als auch die letzte Person der Menge aus Ehrfurcht still wurde, hörte man ein Geräusch. Die Menschenmenge scharrte unbehaglich. Der Henker hielt inne und sah sich um. Es war ein fürchterliches, unbeschreibliches Gelächter, das von nirgendwo und doch von überall her zu kommen schien. Martin Desalleux hatte dieses Gelächter schon einmal gehört. Sekunden später war er tot.